Mimi McCoy

Texte français de Claude Cossette

Éditions
SCHOLASTIC

Catalogage avant publication de Bibliothèque et Archives Canada
McCoy, Mimi
Elle vole la vedette / Mimi McCoy;
texte français de Claude Cossette.
(Rose bonbon)
Traduction de : The accidental cheerleader.
Pour les 9-12 ans.
ISBN 978-0-545-99522-1
I. Cossette, Claude II. Titre. III. Collection :
Rose bonbon (Toronto, Ont.)
PZ23.M294El 2007   813'.6   C2007-902824-1

Édition publiée par les Éditions Scholastic,
604, rue King Ouest, Toronto (Ontario) M5V 1E1.

5 4 3 2 1   Imprimé au Canada   07 08 09 10

Préservons notre environnement
Scholastic Canada a choisi d'imprimer ce livre
sur du papier recyclé et a réduit sa consommation de ressources*
et sa pollution* dans les mesures suivantes :

Arbres :	Eau :	Énergie :	Déchets solides :	Gaz à effet de serre :
11	15 277 litres	8 millions de BTU	235 kg	442 kg

Imprimé par Webcom Inc. sur du papier Legacy Book Opaque à contenu postconsommation de 30 %, traité sans chlore.

*L'estimation des effets sur l'environnement a été faite au moyen du calculateur « Environmental Defense Paper Calculator ».

Elle vole la VEDETTE

CHAPITRE
Un

— Regarde! s'exclame Kim Lavoie.

D'un geste énergique, elle décroche le cintre du présentoir et place le jean devant elle. Il est bleu foncé aux jambes évasées, à la toute dernière mode. La jambe gauche est ornée d'un dragon brodé en fil rouge et or.

Son amie Sophie écarquillent ses yeux noisette.

— Oooh, mégafrissons, dit celle-ci.

« Frissons » est le terme que Sophie et Kim utilisent quand quelque chose est tellement super que cela vous donne des frissons tout le long de la colonne vertébrale.

Sophie jette un coup d'œil sur l'étiquette.

— En plus, il est *en solde*! Je ne connais personne qui a un meilleur karma pour le magasinage que toi, Kim, je te le jure.

Moi, je n'ai pas cette chance, se dit Sophie en soupirant. Il lui est pratiquement impossible de trouver des vêtements à la mode qui lui vont bien, elle qui ne fait que 1,45 m. À 12 ans, elle a toujours la même taille qu'en cinquième année. En ce qui la concerne, la section junior du magasin à rayons pourrait tout aussi bien s'appeler *Trop grand pour Sophie Sauvageau.*

— Ne t'inquiète pas, lui dit Kim en replongeant ses mains dans le présentoir.

Rapidement, elle passe en revue tous les cintres. Une seconde plus tard, elle sort un jean identique, mais de taille plus petite.

— C'est le dernier, lance-t-elle, et je crois bien qu'il va t'aller.

— Tu es super! s'écrie Sophie avec un grand sourire.

— Rien de trop beau pour mon amie!

Les jeans repliés sur les bras, les deux filles se dirigent vers les cabines d'essayage. Dans une semaine, c'est la rentrée des classes et le magasin est rempli à craquer de jeunes qui profitent des soldes. Sophie jette un œil à la ronde pour voir si elle reconnaît quelqu'un de l'école Méridien, mais aucun visage ne lui est familier.

Toutes les fois qu'elle pense à l'école, elle sent son cœur faire un petit bond dans sa poitrine. Cette année, Kim et elle seront en septième année… *Non,* se corriget-elle, *cela s'appelle première secondaire*. Ce sera une étape importante pour Sophie, une fille posée qui appréhende les grands chambardements.

Les deux amies arrivent aux cabines d'essayage où une vendeuse à l'air blasé prend les vêtements et compte les cintres.

— Il n'y a qu'une cabine de disponible, les informe-t-elle en leur rendant les jeans. L'une d'entre vous devra attendre.

— Oh, non, madame! s'exclame Kim en écarquillant les yeux. C'est impossible!

La femme croise les bras et lève les sourcils.

— Vous avez déjà entendu parler du daltonisme, n'est-ce pas? Des gens qui ne voient pas certaines couleurs? continue Kim sans se laisser décourager. Eh bien, mon amie ici, dit-elle en montrant Sophie, ne voit pas certains motifs. Elle ne fait pas la différence entre les imprimés style cachemire et les rayures : un vrai désastre en matière de mode.

Kim s'approche de la femme et ajoute plus bas :

— C'est dans l'intérêt de tout le monde que j'y aille avec elle.

La vendeuse fronce les sourcils. Mais avant qu'elle puisse dire quoi que ce soit, Kim attrape Sophie par le poignet et, d'un pas nonchalant, se dirige vers la cabine libre.

Aussitôt qu'elles ont refermé la porte, les amies

pouffent de rire.

— Incapable de voir les motifs? dit Sophie.

— C'est la première chose qui m'est venue à l'esprit, répond Kim avec un haussement d'épaules. J'espère que ça ne t'offense pas.

— Pas du tout.

Sophie s'assoit sur le banc pour dénouer les lacets de ses chaussures. Kim enlève ses tongs en secouant les pieds et enfile le jean brodé sous sa courte jupe à volant. Puis elle détache la jupe et la laisse tomber sur ses chevilles. Et tout ça avant même que Sophie ait fini d'enlever ses chaussures.

— La règle numéro un de Sylvie Lavoie, dans son manuel du magasinage éclair : Porte toujours des chaussures fourreau qui te permettront de te changer rapidement, dit Kim. Pendant que tu t'acharnes à détacher tes lacets, une aubaine pourrait te filer entre les doigts.

Sophie roule les yeux et enlève ses chaussures d'un coup sec. La mère de Kim est agente d'immeubles. Elle parcourt la ville dans tous les sens pour vendre des maisons dispendieuses. Elle est une vraie pro quand il s'agit de magasiner en vitesse. En effet, elle peut dénicher, essayer et acheter un ensemble complet en moins de sept minutes. Sophie en a déjà été témoin. C'est très impressionnant, mais à son avis, ce n'est pas une façon bien amusante de magasiner.

Un instant plus tard, elle a enfilé le plus petit jean brodé. Les deux amies se tiennent côte à côte devant le miroir.

Bien que leurs jeans soient identiques, les filles qui les regardent dans le miroir ne pourraient pas être plus différentes. Kim mesure 10 cm de plus que Sophie. Elle a de grands yeux verts, une grande bouche et des cheveux d'or qui jaillissent de sa tête en boucles serrées. « Frappante » est le mot qu'utilise toujours la mère de Sophie pour décrire Kim. On ne peut pas dire que c'est une beauté, mais il y a quelque chose dans son visage qui attire le regard. On dirait toujours qu'une myriade d'expressions différentes sont sur le point de l'animer.

Sophie trouve sa propre apparence plutôt ordinaire : cheveux bruns au carré, petit nez, taches de rousseur. Rien de frappant là-dedans, pense-t-elle, sauf en ce qui concerne ses joues : elles deviennent rouge framboise toutes les fois qu'elle se sent embarrassée, même un tout petit peu, ce qui se produit environ 10 fois par jour.

Sophie aspire ses joues, comme un mannequin, et se place de profil pour mieux voir le jean.

— Ce jean te va à la perfection, déclare Kim.

C'est vrai qu'il lui va très bien. Les jambes sont bien ajustées, la longueur parfaite, et le dragon brodé lui plaît beaucoup.

Sophie se tourne pour s'examiner de l'autre côté.

Quelque chose dans la coupe du jean la fait paraître plus grande.

— Le tien aussi te va très bien, fait-elle remarquer en regardant Kim dans le miroir.

Tout va toujours bien à Kim. Celle-ci fait une petite pirouette en s'examinant sous tous les angles.

— Vendu! déclare-t-elle.

Tandis qu'elle remet son short, Sophie regarde de nouveau l'étiquette du prix. Même en solde, le pantalon est très cher; presque 50 $ avec les taxes.

Sophie se met à faire des calculs. Avec 50 $, elle pourrait probablement s'acheter quatre t-shirts. Ou un chandail et plusieurs paires de chaussettes. Ou bien elle pourrait aller au cinéma huit fois, et il lui resterait de l'argent pour du maïs soufflé. Ou...

— Allez, prends-le, Sophie, lance soudain Kim qui se tient au-dessus d'elle, les mains sur les hanches, en souriant d'un air narquois. Arrête de penser à tout ce que tu *devrais* acheter et prends-le, c'est tout. Il te va comme un gant.

Sophie fait un large sourire. Les deux filles sont amies depuis la première année du primaire. Elles peuvent presque lire dans les pensées l'une de l'autre. Kim sait que, si Sophie a un dollar en poche, elle va passer un temps fou à essayer de décider si elle devrait acheter un paquet de gommes, deux tablettes de chocolat ou 10 bonbons au melon. Et Sophie sait que, si Kim a un dollar en poche, elle va probablement le perdre avant même d'arriver au magasin.

Mais Sophie sait que Kim a raison cette fois. Il faut qu'elle achète le jean. Il sera parfait pour la première journée d'école.

— Bon, fait Sophie en riant, allons payer. Ensuite on achètera quelque chose à manger. Je meurs de faim.

À la caisse, Sophie sort sa carte de crédit et la tend à la caissière. Non sans fierté, elle se rappelle le jour, il y a quelques mois, où ses parents lui ont donné sa carte. *Tu es assez grande maintenant pour être responsable*, lui a dit son père en la lui remettant d'un air solennel. Les parents de Sophie ne sont pas riches et la jeune fille sait que les questions d'argent préoccupent particulièrement son père; elle était donc très fière de savoir que ses parents lui faisaient confiance.

Tandis que Sophie signe le reçu, Kim fait tourner un présentoir à bijoux.

— Oh! s'exclame-t-elle en s'arrêtant devant une paire de boucles d'oreilles pendantes. Mégafrissonnantes!

Elle saisit les boucles et les dépose sur le comptoir à côté de son jean. Un moment plus tard, elle ajoute un bracelet. Puis elle prend un minuscule flacon de vernis à ongles brillant sur un présentoir à côté et le met aussi sur la pile.

La jeune femme derrière le comptoir additionne les achats de Kim.

— Hum... fait Kim en apercevant le total.

Elle sort quelques billets de son portefeuille et les compte. Puis elle les recompte. Elle se met à fouiller dans le fond de sa sacoche, tandis que la caissière, qui attend, tapote sur la caisse enregistreuse avec ses longs ongles orangés.

— Je ne vais pas prendre ça, lui dit Kim en ramassant les boucles d'oreilles, le bracelet et le vernis à ongle.

La caissière soupire et refait la facture.

Lorsque Kim a appris que Sophie avait désormais une carte de crédit, elle s'est empressée d'aller voir ses propres parents pour leur en demander une aussi. Ils ont refusé avant même qu'elle ait fini sa phrase. Ils connaissent trop bien leur fille. Kim est très impulsive : quand elle voit quelque chose qu'elle aime, elle l'achète. Elle pourrait atteindre le montant maximal d'une carte de crédit au cours d'une seule journée de magasinage au centre commercial.

En sortant de la boutique, Sophie fait virevolter son sac en sautillant de joie.

— Génial! s'exclame-t-elle. On aura l'air super le jour de la rentrée.

— Absolument, approuve Kim.

Soudain, elle fronce les sourcils.

— Mais on ne peut pas le porter *toutes les deux* le jour de la rentrée.

— Pourquoi pas? demande Sophie en arrêtant de balancer son sac.

— Parce que ce n'est pas cool. On ne peut pas porter les mêmes vêtements le premier jour de première secondaire. Tout le monde croira que nous sommes des moins que rien qui doivent tout faire ensemble.

— Oh! fait Sophie.

Elle n'a pas pensé à ça. En sixième année, elle avait vu beaucoup d'amies porter les mêmes bracelets, les mêmes vestes ou les mêmes chaussures. Et c'est vrai que Kim et Sophie font *tout* ensemble. Mais peut-être Kim sait-elle certaines choses au sujet de la première secondaire que Sophie ignore.

— Et comme nous ne pouvons pas le porter toutes les deux le premier jour, poursuit Kim en réfléchissant tout haut, je pense que c'est juste que personne ne le porte.

— Tu as probablement raison.

Sophie se demande ce qu'elle portera alors. Ses emplettes d'aujourd'hui étaient justement en prévision de ce jour-là.

Les deux filles sont presque arrivées à l'aire de restauration. Sophie peut déjà sentir les frites et les brioches à la cannelle. Elle se dirige vers un comptoir de

.

bretzels quand Kim l'attrape par le bras.

— Veux-tu m'accompagner au Paradisio? demande-t-elle en montrant du doigt la boutique d'en face. Juste quelques minutes...

— D'accord, répond Sophie en haussant les épaules.

Le Paradisio vend des bidules fous et chers, comme des chaises qui vous massent le dos et des réveils qui vous tirent du sommeil avec de vrais chants d'oiseaux. Elle se demande pourquoi Kim veut y aller. Mais avant qu'elle ait le temps de lui poser la question, Kim tourne les talons et file tout droit vers la boutique. Sophie se précipite derrière elle.

— Regarde ça, dit Sophie, une fois à l'intérieur, en prenant un chien robot. *Le chien parfait*, lit-elle sur la boîte. *N'a jamais besoin d'être nourri ni promené. Sans odeur. Sans poil. Sans bruit.* Et sans intérêt non plus! Qu'en penses-tu, Kim? Est-ce qu'on devrait l'acheter à ta mère?

Kim ne répond pas. Elle a les yeux fixés sur quelque chose à l'autre bout de la pièce. Sophie suit son regard. Trois garçons de l'école Méridien sont rassemblés autour d'un écran plasma de télévision, sur le mur opposé, et jouent à un jeu de golf virtuel. Le plus grand, Charles, est le quart-arrière étoile de l'équipe de football. Les deux autres, Jérémie et Xavier, sont ses meilleurs amis. Ils seront tous en deuxième secondaire cette année.

Sophie comprend maintenant pourquoi Kim et elle se trouvent là. Kim a un coup de cœur pour Charles. C'est d'ailleurs le cas de la moitié des filles de Méridien. L'année dernière, Charles a été nommé joueur vedette au football et il fait partie de la clique la plus populaire de l'école.

Soudain, tandis que Kim l'observe, Charles lance un regard dans sa direction. Kim s'empresse de faire semblant d'examiner un étalage devant elle : une table de tondeuses électriques pour poils de nez.

— Je ne te conseille pas d'en acheter une, murmure Sophie en se glissant près de son amie. J'ai entendu dire que Charles aimait les filles avec de longs poils de nez.

Kim sourit d'un air penaud. Elle dépose la tondeuse et se dirige vers l'étalage suivant. KARAOKÉ CHEZ SOI! peut-on lire sur l'écriteau.

— J'adore le karaoké! s'exclame Kim.

Elle se met à manipuler les cadrans de la machine. Une seconde plus tard, les premiers accords d'une chanson populaire jaillissent du haut-parleur. Kim saisit le micro et se met à chanter.

Les joues de Sophie s'enflamment comme si quelqu'un avait allumé une allumette juste dessous. Pourquoi faut-il que Kim donne libre cours à ses fantasmes sur ses idoles pop maintenant, juste au moment où trois des garçons les plus populaires de

11

l'école se trouvent à cinq mètres d'elles? se demande-t-elle.

Quelques personnes dans la boutique se retournent. Sophie jette un coup d'œil du côté des garçons; ils sont toujours absorbés dans leur jeu.

Kim, les yeux bien fermés, la tête renversée en arrière, chante comme une vraie diva pop. Sophie soupire. Elle adore le côté extraverti de son amie, mais quelquefois, elle aimerait qu'elle ne soit pas justement… aussi extravertie. Être en compagnie de Kim, c'est un peu comme faire un tour dans les montagnes russes. Quatre-vingt-dix-neuf pour cent du temps, c'est super, mais de temps à autre, elle fait quelque chose qui vous donne le goût de hurler.

Du coin de l'œil, Sophie aperçoit Charles et ses amis qui se retournent.

Ils viennent par ici! se dit-elle. *Qu'est-ce que je devrais faire?*

Pendant un instant, elle songe à débrancher l'appareil à karaoké. Puis elle se dit que, sans musique, Kim va tout simplement continuer à chanter, ce qui sera encore plus gênant.

Arrête de paniquer, se dit Sophie, *calme-toi.* Après tout, elle ne connaît même pas ces garçons. Qu'est-ce que leur opinion peut bien lui faire?

Mais en fait, cela ne l'indiffère pas du tout. Elle n'aime pas attirer l'attention, bonne ou mauvaise. Elle n'est pas la fille la plus populaire de l'école, mais elle n'est pas non plus la plus stupide. Elle se perçoit comme une personne aimable, normale, et elle croit que les autres aussi doivent la percevoir comme ça. Du moins, c'est ce qu'elle espère.

De l'avis de Sophie, un concert pop impromptu dans une boutique d'appareils électroniques haut de gamme ne concorde malheureusement pas avec l'image d'une personne aimable et normale. C'est plutôt comme si Kim avait mis une enseigne lumineuse au-dessus de leur tête avec les mots REGARDEZ-NOUS! qui clignotent.

Sophie ferme les yeux en espérant que tout s'arrête le plus vite possible.

Une seconde plus tard, tout est fini. Elle rouvre les yeux, juste à temps pour apercevoir le dos des garçons qui sortent de la boutique.

CHAPITRE
deux

Sophie s'adosse contre son casier et regarde sa montre pour la troisième fois de la matinée. Huit heures quinze. Kim est en retard.

Le hall d'entrée commence à se remplir d'étudiants, heureux de se retrouver après l'été. Le bruit des « Salut! » qu'ils se lancent se répercute dans le corridor. Quelques jeunes que Sophie connaît la saluent au passage. Ils portent tous des vêtements colorés dernier cri. Ils arborent aussi de nouvelles coupes de cheveux, des teints bronzés, et ceux qui ont fait enlever leurs broches sourient de toutes leurs dents bien égales.

Le premier jour de classe n'a rien à voir avec l'école, se dit Sophie. C'est plutôt comme une publicité pour l'école. Tous les jeunes portent des vêtements à la mode et ont l'air heureux; les enseignants se montrent gentils et les cours semblent intéressants. C'est comme la bande-annonce d'un film qui se révèle beaucoup plus intéressante que le film lui-même.

Pendant qu'elle attend Kim, Sophie pose les yeux sur son pantalon de velours côtelé vert lime. Elle souhaiterait avoir mis quelque chose d'autre. Le pantalon est trop épais en ce chaud matin de fin d'été. Mais elle a promis à Kim qu'elle ne porterait pas le jean brodé, et c'est son seul autre pantalon neuf.

— Sophie!

Kim accourt. Ses boucles blondes rebondissent comme dans les publicités pour les shampoings. Bien que les deux jeunes filles se soient parlé au téléphone la veille, Kim prend Sophie dans ses bras comme si cela faisait des années qu'elles ne s'étaient pas vues.

— Désolée, je suis en retard, lance Kim en reprenant son souffle. J'ai raté l'autobus, alors ma mère a dû me conduire. Mais elle n'arrivait pas à trouver les clés de la voiture. Elle était vraiment furieuse…

Elle s'interrompt en s'apercevant que Sophie la regarde fixement.

— Qu'est-ce qu'il y a? demande Kim.

— Ton jean, dit Sophie.

— Quoi? fait Kim en regardant ses jambes. Est-ce que j'ai renversé quelque chose dessus? Qu'est-ce que c'est? Du dentifrice?

Elle se tord le cou pour repérer les taches.

15

— Tu portes *le jean*, fait observer Sophie en fixant des yeux le dragon brodé sur le pantalon de Kim. On s'était mises d'accord pour que *ni l'une ni l'autre* ne le porte le premier jour d'école. Tu te rappelles?

Kim écarquille tellement les yeux que Sophie peut voir le blanc tout autour de l'iris.

— Oh là là! j'ai complètement oublié! J'étais en retard et ma mère me criait de me dépêcher. Alors j'ai attrapé la première chose...

— Ce n'est pas grave. Oublie ça, l'interrompt Sophie.

C'est tout à fait Kim, ça : oublier ses propres règles, se dit-elle.

— C'est vrai que j'ai oublié. Tu n'es pas fâchée, j'espère? C'est juste un jean.

— Tu as raison, répond Sophie.

Sophie sait très bien que Kim n'a pas fait exprès de briser la règle. Quelquefois, elle agit sans réfléchir. Sophie la connaît. Elle en a l'habitude.

Alors pourquoi est-elle si contrariée?

Elle tente de chasser ce sentiment. Elle n'aime pas dramatiser les choses.

— Alors, qu'est-ce que tu penses de mon casier? demande-t-elle pour changer de sujet.

Son casier se trouve dans le corridor ensoleillé du côté sud-est, au deuxième étage. Normalement, les étudiants de première secondaire ont un casier au

16

premier étage. Mais comme cette année ils sont plus nombreux, quelques-uns d'entre eux ont obtenu un casier au deuxième, près des étudiants de deuxième secondaire.

— Chanceuse, tu as eu un bon casier, constate Kim. Le mien est en face de la cafétéria. Tout le couloir sent le *beurkburger*.

Beurkburger est le terme qu'utilise Kim pour désigner la nourriture de l'école, que ce soit un hamburger ou pas. Elle soutient que tout est préparé avec cette même substance mystérieuse qui donne envie de vomir.

— Ouais, on est bien en haut, déclare Sophie en jetant un regard à la ronde.

Soudain, Kim lui prend le bras.

— Et voilà une autre raison qui fait que c'est bien d'être au deuxième. Charles en vue, droit devant.

Sophie se retourne. De l'autre côté du couloir, Charles est adossé nonchalamment contre une rangée de casiers et parle avec un ami. Tandis que les filles l'observent, il se tourne et dépose son sac dans un casier en face de celui de Sophie.

— Je n'arrive pas à croire que ton casier est directement en face de celui de Charles, chuchote Kim si fort que Sophie est certaine que le garçon peut l'entendre de l'autre côté. Tu es la fille la plus chanceuse au monde.

17

— Je suppose.

Sophie ne comprend pas pourquoi il n'y a en a que pour Charles. C'est vrai qu'il est beau, se dit-elle. Ses yeux sont brun foncé, et une cicatrice juste au-dessus de la lèvre lui donne un sourire tordu très mignon. Mais Sophie trouve qu'il a l'air distant et antipathique. Il parle peu et seulement avec les autres joueurs de football.

— Échangeons nos casiers, la supplie Kim.

— Pas question.

— Je serai ta meilleure amie.

C'est une vieille blague entre elles. Elles sont meilleures amies depuis si longtemps déjà que ni l'une ni l'autre ne se rappelle depuis quand au juste.

— Tu n'enverrais sûrement pas ta meilleure amie en bas, dans le corridor du *beurkburger*, n'est-ce pas? fait observer Sophie.

— Tu as raison, concède Kim en soupirant. Je ne pourrais jamais te faire ça. Alors j'imagine que je vais devoir passer *tout mon temps ici.*

— Ce n'est pas un problème pour moi.

Juste à ce moment, il y a comme une vague dans le flot des étudiants. Plusieurs jeunes se retournent pour regarder un quatuor de filles qui s'avancent à grands pas au centre du corridor.

En tête se trouve une fille de petite taille, aux yeux en amande et aux longs cheveux noirs ondulés qui lui descendent jusqu'au milieu du dos. Tout le monde à l'école connaît Isabelle Raymond. Elle est capitaine de l'équipe des meneuses de claque et la fille la plus populaire de l'école Méridien. La rousse à sa droite, qui se tient tellement près qu'elle marche du même pas, est sa meilleure amie : Jade Desjardins. Suivent deux filles blondes : Annie et Marie Bruno, les seules vraies jumelles du collège. Jade, Annie et Marie sont aussi meneuses de claque.

Les filles arpentent le corridor en saluant haut et fort les autres étudiants populaires de deuxième secondaire. Isabelle a un sourire parfait, constate Sophie. Il est large et exhibe des dents blanches bien alignées. Jade, par contre, a l'air de bouder, même si ce n'est pas le cas. Sophie se dit que ce doit être à cause de tout le brillant à lèvres qu'elle porte.

— Salut, Charles! lance Isabelle d'un ton charmeur en passant.

Charles lui répond d'un grand sourire tordu en lui faisant un signe de la main.

Quelqu'un appelle Sophie et Kim. C'est la voix d'un garçon. Troublée, Sophie détourne son regard des meneuses de claque et scrute la foule d'étudiants. Joël Léon se fraie un chemin vers les filles dans le corridor bondé.

Joël a emménagé dans la rue de Kim au début de la sixième année. C'est en prenant régulièrement l'autobus ensemble qu'ils sont devenus amis. Sophie a aussi appris à le connaître un peu quand elle prenait l'autobus avec Kim après l'école.

— Eh, Joël! s'exclame Kim.

— Salut, Joël, dit Sophie.

— Quoi de neuf? demande-t-il. Comment se sont passées vos vacances d'été?

— Comme d'habitude, rien de spécial, répond Kim en faisant un geste désabusé de la main. Voyage en jet à Hollywood. Magasinage à Londres. Bains de soleil à Saint-Trapèze.

— Tu veux dire Saint-Tropez, dit Joël en souriant.

— Oui, là aussi, badine Kim.

Joël et Sophie éclatent de rire.

— Nous étions à la piscine la plupart du temps, lui dit Sophie. Et toi?

— Ouais, je ne t'ai pas vu dans le quartier, enchaîne Kim.

— J'étais en Californie chez mon oncle et ma tante, pour leur donner un coup de main à la ferme, leur raconte Joël. Ils font pousser des kiwis biologiques. Bizarre, hein?

— Bizarre, en effet, dit Sophie, mais ça me semble quand même amusant.

— Oui, c'était amusant. Ils me payaient six dollars l'heure pour ramasser des fruits, et je pouvais en manger autant que je voulais. Mais je n'aime pas vraiment ça, les kiwis. Ils sont velus.

— Dégueulasse! s'exclame Kim. Alors tu as passé ton été à manger des fruits poilus? Tout un été?

— Non, répond Joël avec un sourire. La majeure partie de ma famille vit aussi là-bas. J'ai des cousins pas mal sympathiques. Ils m'ont appris à faire du surf.

La façon dont il a dit « surf » donne un léger frisson à Sophie. Elle essaie d'imaginer Joël mangeant des fruits tropicaux et faisant du surf en Californie. Cela lui semble terriblement exotique, comparativement au bord de la piscine. Sophie a toujours trouvé que Joël avait quelque chose de mystérieux. Il est différent de la plupart des garçons de Méridien. Ses cheveux sont longs et un peu ébouriffés, et il porte des t-shirts de groupes musicaux dont Sophie n'a jamais entendu parler. Même son nom n'est pas normal : Joël Léon. Si on enlève le « J » et le « n », le nom et le prénom sont pareils, mais épelés inversement.

Ce qui impressionne le plus Sophie, cependant, c'est l'air décontracté de Joël. Elle ne peut pas s'imaginer commencer la sixième année dans une nouvelle ville où elle ne connaîtrait personne; mais Joël, lui, avait l'air très à l'aise dans cette situation. En sixième année, il a été aussi sympa avec les fanatiques de mathématiques qu'avec les patineurs et les joueurs de soccer. Et il ne semble faire partie d'aucune clique. Il s'entend avec toutes sortes de jeunes.

Sophie remarque à quel point ses dents blanches

ressortent dans son visage basané. *Il a bronzé pendant l'été*, se dit-elle. *Il est bien. En fait, il est beau. Et même très beau.*

Aussi vite que la pensée a surgi, Sophie la repousse. Kim et Joël sont voisins et leurs parents sont amis. Elle sait que, parfois, les deux familles mangent ensemble, ce qui, aux yeux de Sophie, les rend presque cousins. Si Kim apprend qu'elle s'intéresse à Joël, elle n'a pas fini d'en entendre parler.

La cloche annonçant la première période retentit, faisant sursauter Sophie qui s'était perdue dans ses pensées.

— Bon, il faut que j'y aille, dit Joël. À plus tard.

Ses yeux se posent sur Sophie pendant un instant. Celle-ci sent qu'elle va se mettre à rougir.

— À plus, Jo, dit Kim d'un ton enjoué.

— À plus tard, murmure Sophie.

— En passant Kim, ton pantalon est super! lance Joël en s'éloignant.

Kim est radieuse. Sophie, elle, grince des dents, détestant plus que jamais son pantalon de velours côtelé vert lime.

Plus tard, ce jour-là, Sophie allonge les jambes sur la banquette arrière de l'autobus en mâchant furieusement sa gomme à la cannelle.

Kim est affalée sur le siège devant Sophie, tandis

que Joël s'étale sur le siège de l'autre côté de l'allée. Sophie se rend chez son amie, comme elle le fait souvent après l'école. Kim et Joël habitent tout près du dernier arrêt de l'autobus et, comme le véhicule est presque vide maintenant, les trois jeunes en ont profité pour s'approprier les dernières rangées de sièges.

— J'ai entendu dire qu'Isabelle était sortie avec un gars plus âgé qu'elle pendant l'été, raconte Kim.

Depuis 15 minutes, Kim rapporte les commérages entendus à l'école sur ce qui s'est passé en été. La plupart concernent Isabelle Raymond.

— J'ai entendu dire, poursuit Kim, qu'elle l'a laissé tomber juste avant la rentrée. Et il aurait passé chaque soir de la semaine à lui téléphoner en pleurant et en la suppliant de le reprendre. Imaginez! Un gars de son âge!

— En quelle année est-il? demande Joël.

— Je ne suis pas certaine, en troisième secondaire, je crois.

— La grosse affaire. S'il est en troisième, cela signifie qu'il était en deuxième l'année dernière. Ce qui veut aussi dire qu'il a pratiquement le même âge qu'Isabelle, fait remarquer Joël.

— Je répète tout simplement ce qu'on m'a dit, se défend Kim en haussant les épaules.

— De toute façon, j'en ai assez d'entendre parler d'Isabelle Raymond, déclare Joël. C'est une snob.

— Les gens pensent probablement qu'elle est snob seulement parce qu'elle est meneuse de claque, en plus d'être jolie et populaire. Peut-être qu'elle est vraiment gentille. Elle a de beaux cheveux, fait remarquer Kim.

— C'est très logique, ça, Kim, commente Joël. Ce n'est pas parce qu'une personne a de beaux cheveux qu'elle est gentille.

Sophie soupire et laisse son attention dériver. Elle se demande comment une fille doit se sentir quand un garçon la supplie de le reprendre. Les pleurs, c'est terrible, conclut-elle, mais ce serait quand même agréable qu'un garçon l'aime au point de l'appeler tous les soirs.

Sophie n'a jamais eu de petit ami. Pas un vrai, en tout cas. En quatrième année, un garçon du nom de Renaud lui avait demandé de sortir avec lui, mais ils n'allaient nulle part et cela ne voulait rien dire. Cependant, elle sait qu'en première secondaire, avoir un petit ami est différent. Les filles tiennent la main de leur petit ami. Ils restent ensemble près des casiers et vont au cinéma. Ils s'embrassent même.

Sophie jette un coup d'œil vers Joël, de l'autre côté de l'allée. Il porte un t-shirt noir avec l'inscription THE RAMONES en grosses lettres blanches. Une mèche de ses longs cheveux châtains étant tombée sur sa joue, il la ramène derrière son oreille. D'un geste inconscient, Sophie porte la main à son propre visage et place ses cheveux derrière son oreille.

Joël sent son regard et se retourne. Lorsque ses yeux rencontrent ceux de Sophie, il sourit. Sophie s'empresse de regarder de nouveau vers Kim.

— De toute façon, dit Kim, j'imagine que nous saurons bientôt comment elles sont. Nous passerons probablement beaucoup de temps avec elles.

— Avec qui? demande Sophie. De quoi parles-tu?

— D'Isabelle et des autres meneuses de claque. Les auditions sont la semaine prochaine et je pense qu'on a une chance d'être choisies.

— Tu veux tenter ta chance pour être meneuse de claque? s'étonne Sophie, car Kim n'en a jamais parlé.

Kim fait un sourire qui pourrait illuminer tout un stade de football.

— Non, *nous* allons tenter notre chance. Je t'ai inscrite aussi!

Les freins crissent et l'autobus s'immobilise à l'arrêt de Joël et Kim. Sophie se redresse sur sa banquette en fixant son amie.

— Tu as fait *quoi*?

CHAPITRE
trois

— Non. Pas question. Non et re-non.

Sophie ferme les yeux de toutes ses forces et secoue la tête d'un côté et de l'autre, comme si l'idée flottait devant elle et qu'elle essayait de l'effacer avec son nez.

Kim a passé les 20 dernières minutes à lui expliquer comme ce serait génial de faire partie de l'équipe des meneuses de claque. Mais Sophie refuse de se laisser convaincre.

— Voyons, Sophie, implore Kim. On va s'amuser!

— S'amuser? L'humiliation totale n'a rien d'amusant, à mon avis, fulmine Sophie.

Sophie, Kim et Joël sont assis sur le patio, chez Kim. Un sac de croustilles, une bouteille de deux litres de soda et un paquet de rouleaux de réglisse à la cerise sont ouverts sur la table devant eux. Les parents de

Sophie n'achètent presque jamais de malbouffe et normalement, elle adore manger chez Kim. Mais en ce moment, elle trop fâchée pour s'intéresser à la nourriture.

— Je ne peux pas croire que tu m'as inscrite à des auditions pour l'équipe des meneuses de claque sans même me demander mon avis, Kim. Est-ce que j'ai l'air d'une meneuse de claque? Je ne suis même pas capable de parler en classe sans rougir.

Elle jette un œil en direction de Joël et, comme pour prouver ce qu'elle vient de dire, elle devient rouge comme une tomate. Joël ne semble pas le remarquer.

— Mais tu as déjà participé à des compétitions de gymnastique, non? demande-t-il d'un air détaché tout en plongeant la main dans le sac de croustilles pour en ressortir une pleine poignée.

Sophie a suivi des cours de gymnastique pendant tout le primaire. Elle a terminé deuxième au classement général lors de sa dernière compétition municipale, juste avant d'abandonner.

— Oui, et après? fait-elle en haussant les épaules

— Alors, tu devais participer aux épreuves devant une foule de gens?

— C'était différent, réplique Sophie en souhaitant que ses joues reprennent leur couleur normale. Tout ce qui importait, c'était que je réussisse mon retour au sol après un flip-flap arrière. J'étais jugée selon mes compétences et non pas selon l'apparence de mes cheveux et de mes vêtements ou selon mon niveau de popularité.

— Ce n'est pas tellement différent, soutient Kim. Et de toute façon, tu ne seras pas devant toute l'école. Les seules personnes qui assistent aux auditions sont l'entraîneuse et les meneuses de claque de deuxième secondaire.

— Oh, *seulement* les six meneuses de claque de la deuxième secondaire. *Seulement* les filles les plus populaires de l'école, fait Sophie en roulant les yeux. Pas question. Fais-le sans moi.

— Je ne peux pas le faire sans toi. Il faut une partenaire pour participer à la sélection. C'est le règlement.

Sophie aperçoit une croustille abandonnée sur la table. Elle l'écrase avec le pouce et la réduit en miettes.

— Alors, trouve-toi une autre partenaire, lance-t-elle.

Froissée, Kim s'appuie contre le dossier de sa chaise.

— Si j'avais su que tu paniquerais comme ça, je l'aurais fait.

Sophie ne dit rien et continue à pulvériser la croustille. Kim essaie une tactique différente :

— Te rappelles-tu l'année dernière, quand on a fait

la pièce de théâtre à l'école?

Kim avait obtenu un petit rôle dans la production théâtrale de l'école et convaincu Sophie d'assurer la régie de plateau. Sophie veillait à ce que tous les acteurs soient à leur poste et tirait sur la corde qui ouvrait le rideau de scène. Elle se rappelle l'excitation et la fébrilité qu'elle avait ressenties dans les coulisses en compagnie des comédiens, juste avant qu'ils fassent leur entrée.

En fait, la plupart des choses exaltantes que Sophie a faites ont été suggérées par Kim. Quand Kim s'est présentée comme présidente de classe en cinquième année, elle a fait de Sophie sa directrice de campagne. C'est même Kim qui, en première année, a proposé que toutes deux prennent des cours de gymnastique. Kim a abandonné après un mois seulement, rebutée par les exercices interminables. C'est finalement Sophie qui est devenue gymnaste.

Mais tout cela est différent, se dit Sophie. Contrôler le rideau de scène n'est pas la même chose qu'être meneuse de claque.

— Sophie, je n'aurais jamais pu monter sur scène tous les soirs si je n'avais pas su que tu regardais, lui dit Kim. Et je ne peux pas imaginer faire ça sans toi non plus. Ce ne serait pas aussi amusant. Alors, dis oui. S'il te plaît. Je serai ta meilleure amie.

Sophie balaie les miettes de croustille de la table et les laisse tomber dans sa paume. Puis elle se penche au bord du patio et les jette dans le gazon. Elle réfléchit au fait qu'elle suit toujours les idées de Kim.

Kim l'observe, en attendant sa réponse.

— Non, dit finalement Sophie.

Le visage de Kim se crispe. Elle repousse sa chaise et se lève. Sans un mot, elle entre dans la maison et claque la porte coulissante derrière elle. Un instant plus tard, Sophie entend le son de la télévision qui lui parvient du salon.

— Je crois que tu devrais le faire, dit soudain Joël.

— Quoi? fait Sophie en le regardant d'un air surpris.

— Je pense que tu devrais passer les auditions.

— Pourquoi? demande Sophie, elle qui s'imaginait que Joël n'approuvait pas l'idée des auditions. Je serais la pire meneuse de claque au monde. La foule voudrait probablement encourager l'autre équipe à cause de moi.

— Non, ça ne se passerait pas comme ça, poursuit Joël. Tu ferais bien les roues, les sauts de mains et les autres trucs. En plus, Kim ne te demande pas d'être meneuse de claque. Elle veut simplement que tu sois sa partenaire aux auditions.

— Mais je pensais que tu pensais qu'être meneuse de claque était nul. Tu viens juste de dire qu'Isabelle Raymond est une vraie snob.

— J'ai dit qu'Isabelle Raymond était une vraie snob,

réplique Joël. Ça ne veut pas nécessairement dire qu'être meneuse de claque est nul. Écoute, si tu n'es pas choisie dans l'équipe, ce n'est pas grave. Dans une semaine, personne ne se rappellera que tu as participé aux auditions. Et si tu es choisie, tu seras avec Kim, comme elle l'a dit.

— Kim veut seulement être meneuse de claque pour rester dans l'entourage de Charles Laurendeau, laisse échapper Sophie.

Joël l'examine pendant une seconde.

— Je ne vois pas ce qu'il y a de mal à vouloir être en compagnie de quelqu'un qui nous plaît, dit-il d'une voix douce.

Sophie se mord la lèvre. Elle se sent en minorité. Ils sont deux contre un à souhaiter que Sophie Sauvageau tente sa chance pour devenir meneuse de claque. Mais Sophie, elle, a une peur bleue de prendre *une bonne claque!*

— Bon, fait-elle en soupirant. Je vais y penser.

— Sophie, il faut que tu souries! s'exclame Kim. On dirait que tu diriges le trafic aérien, au lieu d'encourager les joueurs.

Sophie s'arrête en plein milieu de son ban et laisse tomber les bras.

— Je souriais, dit-elle d'un ton brusque.

— Tu crois peut-être que ça, c'est un sourire, répond

Kim en faisant une telle grimace qu'on dirait qu'elle vient de se cogner l'orteil.

C'est le samedi après-midi. Les filles se trouvent dans la cour arrière de Kim et répètent en vue des épreuves de sélection.

Chaque jour après l'école, cette semaine-là, Sophie et Kim ont participé à des séances d'entraînement animées par des meneuses de claque de deuxième secondaire. Toutes les filles qui désirent se présenter aux épreuves de sélection sont censées choisir un ban et créer un numéro avec une partenaire. Les épreuves de sélection auront lieu le lundi suivant, après l'école.

Sophie s'affale sur le gazon en grognant et couvre son visage de ses bras.

— Je suis très mauvaise, dit-elle. Ce sera l'humiliation totale.

— Pas du tout, réplique Kim.

Elle se dirige vers Sophie, lui attrape la main et la remet sur pied.

— Essaie encore. À partir du début.

Kim s'assoit sur le bord de la terrasse et Sophie se place sur la pelouse, face à elle.

— Tu es prête? Vas-y!

Méridien va gagner, oyé! oyé! Tapez des mains, tapez des pieds…

Elle commence à exécuter leur numéro, levant haut les genoux, repliant les bras dans des positions rigides et précises. En fait, Sophie aime les mouvements. Ils lui rappellent un peu les pas de danse dans un enchaînement de culbutes en gymnastique.

Méridien, c'est notre école, Méridien fait la loi. On écrase tout les autres, on est les rois!

— Souris plus! crie Kim.

Sourire sur commande n'est vraiment pas facile. Sophie se sent comme une grosse poupée Barbie, stupide avec un sourire artificiel figé sur le visage.

Elle étire les lèvres encore plus pour montrer qu'elle essaie.

— Maintenant tu as l'air d'un chien qui est sur le point de mordre quelqu'un, déclare Kim.

Sophie s'arrête et fixe son amie d'un air furieux.

— C'est probablement parce que j'ai le goût de mordre quelqu'un, dit-elle d'un ton convaincant.

— Bon, bon, dit Kim en se levant. Repose-toi quelques minutes. C'est à mon tour de m'exercer et tu peux me corriger. Sois sévère. Je peux le supporter.

Les filles changent de place.

— Prête? Vas-y!

Kim se lance dans l'enchaînement des figures.

En la regardant, Sophie trouve que l'enchaînement paraît complètement différent. Alors qu'elle-même essayait d'être précise et angulaire, Kim, elle, en fait une interprétation qui tient plus du caoutchouc. Ses

33

battements de jambes tremblent. Ses boucles rebondissent. Ses bras battent l'air comme du spaghetti détrempé. Mais Sophie doit reconnaître une chose : le sourire de Kim est parfait. Chapeau! À la voir, on croirait qu'elle ne s'est jamais autant amusée de toute sa vie.

Lorsqu'elle a terminé, Kim est essoufflée.

— Qu'est-ce que tu en penses? demande-t-elle entre deux respirations.

— Il faut que tes jambes restent plus droites dans les battements, lui conseille Sophie. Mais autrement, tu étais très bien.

Kim se laisse tomber sur le gazon à côté de son amie.

— Je me disais... Il nous faut terminer en beauté. Trouver quelque chose qui va totalement renverser les juges.

— Comme quoi? demande Sophie.

— Tu pourrais faire quelques trucs de gymnastique, suggère Kim. Une roue sans les mains peut-être. Ou même un flip-flap arrière.

— Je ne sais pas, fait Sophie en fronçant les sourcils. Ils n'ont pas parlé de culbutes à l'entraînement. Ça me semble un peu exagéré.

— Aaah, Sophie, dit Kim en roulant les yeux. Les meneuses de claque sont là pour se faire remarquer. C'est leur rôle. Épater avec leurs numéros et stimuler la foule.

— Eh bien... fait Sophie en arrachant une poignée de gazon du sol, qu'est-ce que tu ferais, toi?

— Je pourrais faire une roue ou quelque chose de ce genre. Si nous le faisons en même temps, ça n'aura pas vraiment d'importance.

— Mais peux-tu vraiment faire la roue? demande Sophie.

— Bien sûr.

— Montre-moi.

Kim se met debout. Elle lève les bras au-dessus de sa tête et fait un pas en avant, comme si elle allait faire la roue. Mais au dernier moment, elle se ravise. Elle fait un autre pas et hésite encore.

— À trois! lui lance Sophie. Un, deux, trois!

Kim plante ses deux mains dans le sol et lance ses jambes en l'air.

On dirait un âne qui rue pour essayer de se débarrasser de quelque chose sur son dos, se dit Sophie. *Ou un chat qui tombe tête première d'un arbre.* Ce qui est sûr : ce n'est pas une roue.

— Je sais, dit Kim en se relevant, ce n'était pas parfait. Mais tu peux me montrer, n'est-ce pas?

Sophie pousse un soupir. Il ne sera pas facile de lui apprendre à faire la roue en une journée et demie. Mais elle sait que son amie est déterminée. Et si elles doivent faire des acrobaties à la fin de leur enchaînement, se dit Sophie, il faut qu'elles soient bien. Mieux que bien. Il faut que ce soit parfait.

Sophie se lève et essuie son short.

— Bon, dit-elle en se plaçant à côté de Kim, voilà comment il faut commencer.

CHAPITRE
quatre

Le lundi matin, Sophie se réveille avec un mauvais pressentiment. Il la poursuit pendant qu'elle prend sa douche et s'habille. Au déjeuner, il transforme ses flocons de maïs en colle dans sa bouche. Il lui fait oublier son livre d'espagnol et l'empêche même de se rappeler son propre nom de famille au cours de sciences humaines. Elle doit réfléchir un instant avant de l'écrire au haut de son devoir.

Lorsqu'elle se rend au gymnase avec Kim après l'école, le pressentiment est devenu tellement fort qu'elle est certaine qu'il est visible – un affreux nuage gris qui s'accrocherait à elle comme du brouillard.

— Je suis tellement nerveuse! chuchote Kim au moment où elles passent les portes du gymnase.

Sophie hoche la tête. « Nerveuse » n'est pas le mot;

elle est au supplice.

Les auditions devraient commencer d'une minute à l'autre. Sophie, Kim et un groupe d'autres filles de première secondaire se tiennent debout à l'arrière du gymnase, attendant l'arrivée de l'entraîneuse.

De sa place, Sophie peut voir des bouts de ciel bleu par les hautes fenêtres du gymnase. La température s'est finalement rafraîchie; une belle journée de septembre comme aujourd'hui lui donne habituellement envie d'ouvrir grand les bras et de crier de joie. En ce moment, elle donnerait n'importe quoi pour être dehors.

Elle donnerait n'importe quoi pour être ailleurs qu'ici.

Au centre du gymnase, les six meneuses de claque de deuxième secondaire sont assises à une table placée sur la ligne médiane. Il y a Jade avec son brillant à lèvres et ses cheveux coiffés à la perfection, comme à l'habitude. Les jumelles aussi sont là avec leurs cheveux blonds tressés en nattes identiques. Au bout de la table se trouvent deux autres filles appelées Sara Crête et Florence Ramirez. Sara est jolie; ses sourcils sont arqués et ses cheveux noirs ondulent légèrement aux extrémités. Florence a le teint pâle et des cheveux foncés qu'elle porte habituellement en queue de cheval. Et bien sûr, il y a Isabelle Raymond, assise en plein milieu, comme toujours.

Ce sont les filles les plus populaires, la royauté de l'école. Et dans quelques instants, elles vont accorder leur attention à la petite et timide Sophie Sauvageau.

Pour se distraire, Sophie se met à répéter mentalement l'enchaînement. Elle a passé toute la journée du dimanche chez Kim, à répéter avec elle jusqu'à ce que Mme Lavoie se plaigne que leurs cris lui donnaient des maux de tête et les expédie chez Sophie. Quand Sophie s'est couchée hier soir, elle entendait encore le slogan lui résonner dans les oreilles.

La partie la plus délicate est le numéro d'acrobaties à la fin. Sophie exécute une roue aérienne dans une direction tandis que Kim en fait une normale du côté opposé de façon que les deux filles se croisent. Il a fallu une demi-journée d'entraînement pour que Kim arrive à bien faire la roue. Quand elle a finalement réussi, Sophie était aussi fière que si elle avait été choisie pour l'équipe.

Mais toutes ces heures d'entraînement n'ont pas donné plus confiance à Sophie. Elle sait qu'elle n'a pas l'étoffe d'une meneuse de claque. Même ses parents pensent la même chose. Au souper, son père lui a gentiment rappelé que c'était l'effort qui comptait. Et quand sa mère lui a souhaité bonne nuit, elle lui a dit à quel point elle était déjà fière de sa fille. Sophie a compris le message codé : nous t'aimerons même si tu n'es pas choisie pour faire partie de l'équipe.

Sophie ferme les yeux. Elle cache ses mains derrière son dos afin que personne ne puisse voir qu'elle croise les doigts pour faire un vœu.

S'il vous plaît, s'il vous plaît, je ne veux pas avoir l'air ridicule, faites que je ne sois pas ridicule, supplie-t-elle.

Elle sursaute lorsque la porte du gymnase s'ouvre avec bruit. Une petite femme blonde entre d'un bon pas dans la salle. Elle porte un t-shirt sur lequel on peut lire : POMPONS À L'UNISSON, CRIONS À PLEINS POUMONS! Deux autres femmes la suivent.

La femme blonde tape des mains pour attirer l'attention, ce qui n'est vraiment pas nécessaire. Dès qu'elle est entrée, toutes les conversations se sont arrêtées.

— Mesdemoiselles!

Sa voix semble résonner dans tout le gymnase. Sophie est surprise de constater qu'une voix aussi puissante puisse sortir d'une personne aussi minuscule.

— Je m'appelle Madeleine Chaîné; je suis conseillère pour l'équipe des meneuses de claque de l'école Méridien. Si quelqu'un, ici, a une sœur plus âgée, il se peut qu'elle ait déjà entendu parler de moi. J'entraîne cette équipe depuis plus de 10 ans et je suis fière de dire que chaque année, nos meneuses de claque font des progrès.

L'entraîneuse sourit à la ronde de toutes ses dents

blanches. Sophie a les yeux braqués sur elle. Elle n'a jamais vu d'adulte aussi plein d'entrain que Madeleine Chaîné. Elle a tout de la meneuse de claque, jusqu'au vernis rose appliqué à la perfection sur ses ongles.

— Avant de commencer, j'aimerais vous présenter nos deux juges, nos invitées, dit-elle d'une voix retentissante. Voici Mme Bélec. Elle entraîne l'équipe senior des meneuses de claque de Méridien.

Elle fait un geste en direction d'une autre femme blonde qui incline la tête.

— Et voici Mme Léonard, présidente de l'association régionale des meneuses de claque (Mme Léonard lève la main pour saluer). S'il vous plaît, ajoute Mme Chaîné, applaudissez-les bien fort. Nous sommes très chanceuses de les avoir avec nous aujourd'hui.

Les élèves de première et deuxième secondaire applaudissent Mmes Bélec et Léonard qui arborent l'expression radieuse des participantes à un concours de beauté. Elles sourient merveilleusement bien, constate Sophie.

— Et naturellement, continue Mme Chaîné, vous connaissez déjà nos autres juges, les meneuses de claque de deuxième secondaire.

Les filles sourient d'un air suffisant sur leur chaise.

— Alors, laissez-moi vous expliquer comment cela va fonctionner, dit Mme Chaîné.

Elle montre une casquette de baseball défraîchie et

41

explique que chacune des équipes va en tirer un numéro. Ce sera l'ordre de passage.

— Compris? demande-t-elle de sa voix forte.

Autour de la pièce, les filles hochent la tête.

— Laissez-moi vous rappeler le règlement. Quand ce sera votre tour, vous vous mettrez en place avec votre partenaire, donnerez votre nom et commencerez votre enchaînement. Il ne doit pas durer plus longtemps qu'un ban. Et pas d'accessoires, et ça, ça comprend les radiocassettes. Je veux vous entendre crier. Compris?

Les filles ont bien compris. Elles commencent à s'agiter, replaçant leur short, attachant leurs lacets et lissant leurs cheveux avec leurs doigts.

— Je n'ai pas encore fini, mesdemoiselles, lance Mme Chaîné d'une voix retentissante, ce qui a pour effet de faire cesser toute agitation. Il y a 28 filles qui passent une audition et six postes à combler dans l'équipe. Il se peut qu'un membre de votre équipe soit choisi et pas l'autre. Je vous ai demandé de vous présenter deux par deux aujourd'hui parce que les meneuses de claque font un travail d'équipe. Le travail d'équipe signifie que vous respectez votre partenaire, qu'elle gagne ou qu'elle perde. Je ne veux pas de perdantes ou de gagnantes vexées. Compris?

Quelques-unes des participantes hochent la tête avec hésitation.

Il n'y a que les adultes pour faire un sermon sur l'esprit d'équipe quand tout ce que veulent les jeunes, c'est commencer au plus vite, se dit Sophie. Elle regarde Kim en roulant les yeux comme pour dire : « Ce ne sont que des idioties. »

Mais Kim ne la regarde pas. Elle garde les yeux braqués sur Madeleine Chaîné, comme si l'entraîneuse était une vedette de cinéma.

— Bon, dit Mme Chaîné en tapant de nouveau des mains. Allons-y!

Elle tend la casquette. Plusieurs filles se précipitent pour prendre un numéro.

Kim donne un coup de coude à Sophie.

— Vas-y, toi, chuchote-t-elle.

Sophie est contente de bouger. Elle a les jambes toutes raides à force d'être restée debout, immobile pendant si longtemps. Elle se dirige vers Mme Chaîné et prend un morceau de papier dans la vieille casquette. C'est le 4.

Quatre? Quatre, c'est trop vite. Quatre signifie qu'il y a seulement trois équipes avant la leur. Le cœur de Sophie se met à battre plus vite. Elle prend quelques courtes inspirations.

Au moment où Sophie tourne les talons pour apporter le morceau de papier à Kim, elle trébuche. Elle étend les bras et parvient de justesse à se rattraper, évitant de s'étaler face contre terre. Plusieurs personnes se retournent pour voir ce qui se passe; Mme Chaîné aussi.

L'entraîneuse lève un sourcil et agite le doigt en désignant les chaussures de Sophie. La jeune fille baisse les yeux et constate qu'un de ses lacets est défait.

Les joues en feu, elle s'agenouille pour le rattacher. *Il n'y a qu'à moi que ces choses arrivent,* se dit-elle. *Maintenant, tout le monde pense que je suis une gaffeuse et que j'ai les deux pieds dans la même bottine.* Encore une fois, elle voudrait être n'importe où sauf ici.

Sophie retourne auprès de Kim d'un pas lourd et lui remet le morceau de papier.

— Super! Quatre, c'est parfait! s'exclame Kim, l'air réjoui, sans mentionner le fait que Sophie vient de se ridiculiser devant tout le monde.

Sophie dévisage son amie. Qu'est-ce qui arrive à Kim tout à coup? Comment peut-elle agir comme si tout allait à merveille alors que c'est tout le contraire? On pourrait croire qu'elle est déjà meneuse de claque alors qu'elles n'ont même pas commencé les épreuves de sélection!

Les juges s'assoient sur les chaises pliantes derrière la table. Isabelle distribue des blocs-notes et des petits crayons.

— De quoi ai-je l'air? demande Kim à Sophie.

Elle porte un short blanc, un t-shirt rose et des chaussettes de tennis avec pompons assortis aux talons.

44

Elle a séparé ses boucles blondes en deux nattes qui rebondissent de chaque côté de sa tête, comme les oreilles d'un épagneul cocker. Les nattes sont loufoques mais mignonnes, se dit Sophie.

— Bien. On dirait une meneuse de claque, déclare Sophie. Et moi?

Elle a enfilé un t-shirt jaune et un pantalon d'athlétisme violet. Ils sont censés représenter les couleurs de l'école, le violet et l'or, même si le violet de son pantalon est trop foncé, et le jaune de son t-shirt, pas assez soutenu.

— Super, dit Kim, tu as l'air super.

— Duo numéro un, c'est à vous, crie Mme Chaîné.

Le premier duo se compose de Romane et Joanie. Sophie les connaît. En fait, tout le monde les connaît. Dès le premier jour, elles sont devenues les filles les plus populaires de la classe. Sophie ne sait pas trop comment. Elles ont ce petit quelque chose en plus, mais Sophie ne pourrait dire ce que c'est.

— Zut! chuchote Kim en voyant les polos violets identiques que portent Romane et Joanie. Nous aurions dû mettre des ensembles assortis. Je n'ai pas pensé à ça.

— Prêtes? Alors, c'est parti! crient Romane et Joanie à tue-tête.

Elles entament leur numéro. Leurs mouvements

sont précis et leur sourire, charmant. Quand elles tapent des mains, le son est clair et percutant.

Sophie jette un œil en direction des juges. Isabelle et Jade sourient comme si elles regardaient leurs propres petites sœurs. Sophie est certaine que Romane et Joanie seront sélectionnées.

Lorsque les deux jeunes filles ont terminé leur numéro, Mme Chaîné sourit en les remerciant. Elle écrit quelque chose sur le bloc-notes. Sophie remarque que les autres juges font de même.

Suivent deux filles très jolies, qui sont bien appréciées. L'une a des cheveux blonds et raides qu'elle a noués en queue de cheval, haut sur le dessus de sa tête. Aux yeux de Sophie, on dirait une version plus jeune de Madeleine Chaîné.

Une fois leur enchaînement terminé, l'entraîneuse sourit et les remercie, comme elle l'a fait pour Romane et Joanie.

— Duo numéro trois, lance-t-elle quand elle a fini d'écrire sur son bloc-notes.

Pendant une seconde, personne ne s'avance. Les filles qui attendent leur tour se mettent à regarder autour d'elles. Se pourrait-il qu'une équipe ait oublié son numéro?

Soudain, deux filles débouchent des côtés en faisant des rondades et des flips-flaps. Elles s'arrêtent au centre de la piste.

— Danika Martin! crie l'une en se tenant au garde-à-vous comme un soldat.

— Jennifer Brière! lance l'autre.

— Prêtes? On y va! déclament-elles en chœur.

Sophie reconnaît Danika et Jennifer, mais elle n'arrive jamais à se rappeler laquelle est Danika et laquelle est Jennifer. Bien que l'une soit brune et l'autre blonde, elles sont toutes les deux d'un enthousiasme mielleux qui les rend difficiles à différencier. Les deux filles n'ont jamais attiré l'attention de Sophie, mais maintenant, elle ne peut pas les quitter des yeux.

Elles doivent avoir répété pendant des semaines! se dit-elle. Leurs mouvements sont parfaitement synchronisés. Leurs voix semblent se fondre l'une dans l'autre, comme s'il n'y en avait qu'une seule qui scandait le ban.

Lorsqu'elles arrivent à la fin de leur enchaînement, Danika saute dans les airs et exécute un saut périlleux groupé arrière tandis que Jennifer la guette. Quand Danika atterrit, les deux filles font le grand écart, les bras levés au-dessus de leur tête.

Les meneuses de claque de deuxième secondaire se mettent à applaudir et à siffler. Les élèves de première secondaire ouvrent de grands yeux consternés. Sophie comprend ce qu'elles ressentent. Comment peut-on espérer être choisie quand on doit se mesurer à ça?

Madeleine Chaîné a l'air de quelqu'un qui vient de

gagner à la loterie.

— *Merci,* mesdemoiselles, dit-elle avec un sourire rayonnant. C'était excellent.

Elle écrit sur son bloc-notes. Sophie imagine qu'elle dessine une grosse étoile à côté des noms de Danika et Jennifer.

— Bon, équipe numéro quatre, c'est à vous, dit l'entraîneuse.

Pendant une fraction de seconde, Sophie se dit qu'elle sera incapable de bouger. Elle a l'impression qu'on lui a injecté de l'eau glacée dans les bras et les jambes. Puis Kim la pousse du coude et avant qu'elle ait le temps de s'en rendre compte, elle est sur la piste.

— Kim Lavoie! clame Kim dans une très bonne imitation de Mme Chaîné.

— Sophie Sauvageau! fait la petite voix aiguë de Sophie, qui a la bouche sèche comme le Sahara.

— Volume! commande Mme Chaîné en levant les yeux de son bloc-notes.

Sophie rougit.

— Sophie Sauvageau, parvient-elle à dire d'une voix un peu plus forte.

Elle prend une profonde inspiration.

— Prêtes? Allons-y! font Sophie et Kim à l'unisson.

Elles ont tellement répété leur enchaînement au cours de la fin de semaine que Sophie pourrait le faire les yeux fermés. Elle se concentre plutôt sur son sourire, tant et si bien qu'elle commence à avoir des crampes dans les joues.

Quelques secondes plus tard, à ce qu'il lui semble, leur numéro tire à sa fin et elles en sont à la finale acrobatique. Sophie se trouve à l'envers dans les airs quand elle se rend compte que Kim ne fait pas la roue à côté d'elle. Lorsqu'elle se redresse, elle aperçoit Kim figée, bras en l'air, yeux écarquillés.

Oh, non! se dit Sophie. *Elle se dégonfle!*

Pour gagner du temps, Sophie exécute une autre roue sans les mains. À son grand soulagement, Kim sort de sa torpeur. Mais elle ne fait pas de roue. Elle place ses mains sur le sol et fait une grosse culbute maladroite, tout comme un petit enfant, et juste devant les juges.

Kim termine sa roulade avec la bouche fendue jusqu'aux oreilles. Derrière elle, Sophie pose un genou au sol.

— Go Méridien! hurlent-elles.

Sophie se relève et regagne précipitamment la ligne latérale, Kim sur ses talons.

— C'était fantastique, hein? s'exclame Kim, les yeux brillants.

Ce n'est pas l'avis de Sophie. Les meneuses de claque de deuxième secondaire rient, de même que certaines élèves de première. Sophie jette un coup d'œil en direction des juges. Les trois femmes discutent, têtes rapprochées.

Elles ne se sont pas consultées ainsi après les autres numéros. Pas même après Danika et Jennifer. Que disent-elles? Est-ce que Sophie et Kim ont été aussi mauvaises que ça?

Au même moment, Mme Chaîné leur lance un coup d'œil. Quand elle s'aperçoit que Sophie la regarde, elle sourit. Sophie a soudain mal au ventre. Les juges aussi rient d'elles. Elle en est maintenant certaine.

Lorsque Sophie arrive à son casier le mardi matin, Kim l'attend déjà.

— Les résultats ont été affichés, annonce-t-elle à Sophie. La liste se trouve à l'extérieur du bureau de la conseillère. Je suis morte d'impatience.

— Tu aurais pu regarder sans moi, fait remarquer Sophie.

Elle n'est pas du tout pressée de savoir qui a été choisie. Rien qu'à penser aux épreuves de sélection d'hier, elle a encore envie de rentrer sous terre.

— Je suis trop nerveuse. Il faut qu'on y aille ensemble. Viens, dit Kim en attrapant Sophie par le bras.

Sophie se laisse entraîner le long du corridor. Elle porte toujours son sac à dos. Kim ne lui a pas laissé le temps de ranger ses choses dans son casier.

Quand elles arrivent au bureau de la conseillère, il y a trois rangées de filles autour de la liste. Sophie aurait préféré attendre son tour, mais Kim, jouant du coude, se faufile déjà vers l'avant. Sophie la suit à contrecœur.

La liste est imprimée sur du papier jaune. Sophie sent les battements de son cœur s'accélérer quand elle laisse courir son regard d'un nom à l'autre. Puis son cœur s'arrête presque. Là, tout à la fin de la liste, son nom : SOPHIE SAUVAGEAU.

Elle lit et relit son nom, n'en croyant pas ses yeux. Puis, lentement, son incrédulité fait place à un autre sentiment. *J'ai réussi!* se dit-elle. *J'ai réussi! On m'a choisie parmi toutes les autres filles. Kim et moi allons devenir meneuses de claque!*

Elle se tourne vers Kim, prête à célébrer cet exploit. Mais l'expression sur le visage de son amie la fait hésiter. Kim a les sourcils froncés. Sophie regarde de nouveau la liste. Elle y a bien vu le nom de Kim, non? Oui, le voilà, tout en bas de la page.

— Oh! fait Sophie, le souffle coupé.

Il est écrit : KIM LAVOIE – MASCOTTE

CHAPITRE
cinq

— Une mule! gémit Kim.

Sophie, Kim et Joël, assis à une des tables qui
parsèment la cour de l'école, mangent leur dîner. Kim
vient tout juste de mettre Joël au courant des résultats
des auditions.

— Mais, est-ce que j'ai l'air de quelqu'un qui ferait
une bonne mule?

Sophie hésite, se rappelant la ruade que Kim a faite
dans sa cour, le jour avant la sélection. Kim lui lance un
regard triste.

— Non, répond Sophie rapidement. Tu n'as rien
d'une mule.

— Tu n'as rien d'une mule, mis à part tes sabots. Et
tes longues oreilles. Et le fait que tu es têtue, plaisante
Joël.

Kim lui tire la langue.

— Je suis allée voir Mme Chaîné après la première période, leur raconte-t-elle, et je lui ai demandé pourquoi j'étais la mule. Elle a répondu que j'avais été drôle aux auditions. Les juges ont aimé mon énergie. Elle avait l'air de trouver que c'était bien.

— Être drôle et remplie d'énergie, c'est très bien, fait remarquer Joël.

— Quelle mascotte stupide! lâche Kim d'un ton boudeur. Pourquoi ce ne serait pas plutôt le jaguar de Méridien? Ou l'aigle? Ou... ou les déesses de Méridien!

— Ils ne prennent pas de déesses comme mascottes, lui rappelle Joël.

— Mais c'est une bonne idée, non? rétorque Kim. Je veux dire... je ne pense pas seulement à moi. Avoir une mule comme mascotte, ce n'est pas bon pour l'école. Ça a l'air stupide.

— Les mules sont fortes. Elles travaillent dur et elles n'abandonnent jamais, dit Sophie.

— Elles sont laides, grommelle Kim.

— Mais, en même temps, très mignonnes, commente Joël.

— Alors, tu pourras dire à Mme Chaîné dès cet après-midi que tu veux être la déesse de Méridien, suggère Sophie. La première séance d'entraînement a lieu tout de suite après l'école.

Kim attrape deux frites avec sa fourchette et les porte à sa bouche. Elle mastique pendant quelques instants, puis repousse son plateau.

— Beurk, je n'ai pas faim. Toute cette histoire de mule m'a coupé l'appétit. Tiens, prenez le reste de mes frites.

Sophie et Joël allongent la main vers l'assiette en même temps et leurs doigts se touchent. Sophie sent une sorte de picotement électrique au bout de ses doigts. Elle retire sa main d'un geste vif.

— De toute façon, je n'y vais pas, dit Kim.

— Tu ne vas pas où? demande Sophie d'un air distrait.

Sous la table, ses doigts sentent toujours le contact de la peau de Joël. Elle évite de le regarder.

— À la répétition. Oublie ça. J'ai passé l'audition pour être meneuse de claque, pas pour être une mule.

— Mais Kim… proteste Sophie, horrifiée, nous étions censées faire cette activité ensemble. Tu m'avais promis!

— Tu n'es pas obligée d'y aller non plus, fait remarquer Kim. Tu ne voulais même pas être meneuse de claque. En fait, pourquoi n'abandonnes-tu pas? Laisse la place à quelqu'un qui la veut vraiment.

— Non! s'écrie Sophie plus fort qu'elle ne l'aurait souhaité.

Kim et Joël lui lancent un regard. Elle rougit et baisse le ton :

— Non. On ne peut pas ne pas y aller. On a passé l'audition, on a été choisies et maintenant on doit y aller. C'est comme ça, c'est tout.

Quand elle commence quelque chose, Sophie va toujours jusqu'au bout. Elle en tire une certaine fierté. Et elle ne va certainement pas changer maintenant, seulement parce que Kim n'a pas le goût d'être une mule.

— D'accord, dit Kim, d'un air pincé. J'irai à l'entraînement. Quelle histoire tu fais!

— Il faut que tu essaies au moins, lui dit Sophie en hochant la tête. C'est ce que je vais faire. Je vais simplement essayer.

— STAR. Je veux que vous reteniez ce mot. Vous êtes toutes les STARS de l'école Méridien.

Madeleine Chaîné fait face aux meneuses de claque, mains sur les hanches. Aujourd'hui, on peut lire sur son t-shirt : ÉGO NE RIME PAS AVEC ÉQUIPE.

Assises dans les gradins extérieurs, les filles se protègent les yeux du soleil de l'après-midi. Elles peuvent entendre l'équipe de football des garçons qui s'entraîne à l'autre bout du terrain. De temps à autre, un bruit sourd leur parvient quand les garçons se bousculent avec tout leur attirail.

— Est-ce que l'une d'entre vous peut expliquer à nos nouvelles coéquipières ce que STAR signifie? demande l'entraîneuse en s'adressant aux anciennes.

Jade lève la main, puis récite :

— Succès scolaire. Travail d'équipe. Athlétisme. Responsabilité, dit-elle d'un air guindé en souriant comme le ferait le chouchou du professeur.

— Merci, Jade. C'est exact. Succès scolaire. Travail d'équipe. Athlétisme. Responsabilité, répète Mme Chaîné en tapant du bout de ses doigts pour appuyer ses mots. Ce sont les choses sur lesquelles vous devez vous concentrer pour devenir les meilleures meneuses de claque qui soient.

Sophie sent qu'elles vont avoir droit à un discours. Elle essaie de trouver une position plus confortable sur son dur siège de métal.

— Tout d'abord, le succès scolaire, dit Mme Chaîné d'une voix retentissante qui porte même à l'extérieur. Vous devez toutes maintenir une moyenne de C. Nous vérifions les notes une fois par semaine. Si quelqu'un a une note inférieure à C dans n'importe quelle matière, nous rencontrons son professeur. Si la note ne s'améliore pas dans le mois qui suit, l'étudiante est retirée de l'équipe. Compris?

Les meneuses de claque hochent la tête.

— Travail d'équipe, poursuit Mme Chaîné en faisant

les cent pas devant les filles, tel un sergent instructeur. Dans une équipe de meneuses de claque, personne n'est le centre de l'attention. Quand vous faites une pyramide, la personne en bas est tout aussi importante que celle au sommet.

Bla, bla, bla. Sophie déteste les discours. Le seul endroit où elle y a droit, c'est à l'école où les adultes agissent comme si les enfants étaient des faibles d'esprit. Ses parents ne lui font jamais la morale. S'ils sont déçus de son comportement, ils disent : « Qu'est-ce que tu aurais pu faire à la place? » Mais ils ne sont pas souvent déçus.

À côté de Sophie, Kim fait claquer sa gomme. Elle n'a pas cessé de s'agiter depuis que l'entraîneuse a pris la parole. Sophie remarque que Kim ne semble pas la trouver aussi fascinante que le jour des auditions.

— Athlétisme, continue Mme Chaîné. Vous êtes des athlètes et je veux que vous vous considériez de la sorte. C'est bien d'agiter des pompons, mais vous devez lever vos jambes jusqu'à vos oreilles, sinon personne ne fera attention.

Il est vrai que les filles qui ont été choisies pour l'équipe semblent avoir été recrutées plus en fonction de leurs compétences athlétiques que de leur degré de popularité. Romane et Joanie ont été sélectionnées, bien sûr, de même que Danika et Jennifer. Mais la jolie fille qui ressemblait à Mme Chaîné n'a pas été retenue, pas plus que d'autres filles populaires qui s'étaient présentées aux auditions. L'autre fille de première secondaire s'appelle Laurence. L'arc de ses sourcils lui donne l'air d'être tout le temps agréablement surprise et elle a impressionné tout le monde aux épreuves quand elle a exécuté un saut parfait en flexion avant.

— Responsabilité, lance Mme Chaîné de sa voix qui paraît sortir d'un mégaphone. Vous devez vous présenter à l'heure aux entraînements et être prêtes à travailler. Si vous devez manquer une séance, je veux le savoir *avant*. Ne venez pas me présenter des excuses plus tard. Je ne les accepterai pas.

Mme Chaîné les dévisage tour à tour.

— Vous êtes les STARS de Méridien. Mais vous faites toutes partie de la même constellation. Aucune étoile ne doit briller plus que les autres.

Kim fait semblant de s'enfoncer un doigt dans la gorge. Elle laisse échapper un son de haut-le-cœur juste assez fort pour que Sophie l'entende.

— Bon, assez de bavardage, lance Mme Chaîné. Êtes-vous prêtes à commencer?

— Oui! s'écrient les filles.

— Euh, madame Chaîné? fait Kim en levant la main. Qu'est-ce que je devrais faire pendant que les autres s'entraînent?

— Oh! Kim, notre mascotte aux multiples talents. Tu peux faire les exercices avec le reste des filles aujourd'hui, si tu veux, répond l'entraîneuse. Viens me voir après et nous fixerons un rendez-vous pour que tu prennes possession de ton costume.

Au moment où toutes les filles se lèvent des gradins, Isabelle se glisse près de Kim. Comme d'habitude, Jade la suit.

— Je voulais seulement te dire qu'à mon avis, tu vas faire une *superbe* mascotte, dit Isabelle à Kim.

— Vraiment? fait Kim d'un air ravi.

— Tu étais tordante hier aux auditions, continue Isabelle en hochant la tête. Ça prenait beaucoup de courage. Moi, je n'aurais jamais été capable de me ridiculiser devant tout ce monde. Toi, tu l'as fait d'une façon si naturelle.

Le sourire de Kim se fige.

— Merci, dit-elle d'un ton incertain.

— En tout cas, je tenais à ce que tu le saches.

Avec un petit sourire, Isabelle et Jade se dirigent vers les autres meneuses de claque pour faire les exercices d'échauffement.

Kim se tourne vers Sophie.

— Je me suis ridiculisée, hier?

— Je suis certaine que ce n'est pas ce qu'elle voulait dire, s'empresse de répondre Sophie. Elle voulait probablement dire que ta culbute était originale.

— Drôle de façon de le dire, lâche Kim en regardant Isabelle s'éloigner.

Les filles passent l'heure suivante à faire des exercices de renforcement. Elles grimpent les escaliers des gradins en courant. Elles font des pompes et des étirements. Elles travaillent leurs battements de jambes, les roues et les sauts.

Quand le moment est venu d'apprendre un numéro, Sophie est en sueur. Elle se sent bien. Elle constate maintenant à quel point l'entraînement lui manquait depuis qu'elle a abandonné la gymnastique.

Mme Chaîné, qui est allée chercher les pompons dans la salle d'équipement, a laissé à Isabelle la responsabilité de montrer l'enchaînement aux autres filles. Au moment où ces dernières se placent en rangées, Isabelle interpelle Kim :

— Pas toi, lui dit-elle. Tu ne peux pas te placer au premier rang.

— Et pourquoi pas? demande Kim.

— Parce que tu n'es pas meneuse de claque, rétorque Jade en venant se placer à côté d'Isabelle.

— Mais comme je suis ici, je ferais bien d'apprendre le numéro. Il se pourrait que vous ayez besoin d'une remplaçante, on ne sait jamais, fait remarquer Kim.

Isabelle plisse le nez comme si elle venait de voir quelque chose de dégueulasse.

— Il n'y a que les meneuses de claque qui font les numéros, pas les mules.

Kim pince les lèvres, mais elle ne bouge pas.

Sophie promène son regard sur les autres filles qui, toutes, observent la scène. Sara, une des anciennes, a les bras croisés et affiche un air dégoûté, mais Sophie ne saurait dire si c'est à cause d'Isabelle ou de Kim.

— Si tu veux vraiment apprendre le numéro, déclare Isabelle en soupirant de façon exagérée, tu peux te mettre là-bas.

Elle montre un endroit derrière le rang du fond. Kim fixe Isabelle pendant une seconde. Puis elle repousse ses boucles, soulève le menton et se dirige vers l'endroit en question. Sophie s'apprête à la suivre.

— Pas toi! lance Isabelle en l'arrêtant. Tu dois rester en avant, sinon tu ne pourras pas voir. Tu es si petite.

Sophie regarde Kim d'un air désolé et retourne à sa place dans la première rangée.

Isabelle et Jade apprennent un court numéro à leurs camarades. Sophie, qui se trouve entre Danika et Jennifer, est surprise de constater que ces dernières semblent déjà le connaître.

— Nous l'avons appris à un camp de meneuses de claque, explique Jennifer en réponse à la question de Sophie.

— Vous êtes allées à un camp pendant l'été? demande Sophie, éberluée.

Dans son arrondissement scolaire, les filles ne peuvent pas participer à des auditions avant d'être en première secondaire. Comment Danika et Jennifer ont-elles pu participer à un camp alors qu'elles n'étaient même pas encore meneuses de claque?

— Comme chaque été, lui raconte Jennifer. Ce n'est pas un camp d'équipe. C'est plutôt un camp préparatoire pour les filles qui désirent devenir meneuses de claque. Je veux être meneuse de claque depuis que j'ai cinq ans.

— Et moi, depuis que j'ai quatre ans, intervient Danika, à droite de Sophie. Ma mère était meneuse de claque, et ma grand-mère aussi. C'est un genre de tradition dans la famille.

— Arrêtez de parler, aboie Isabelle, ce qui a pour effet de faire taire les jeunes filles sur-le-champ.

Danika et Jennifer fréquentent donc des camps d'entraînement pour meneuses de claque depuis la maternelle. Cela explique pourquoi leur numéro était tellement bon. Pendant le reste de la séance, Sophie les observe du coin de l'œil. Danika et Jennifer sont encore plus sérieuses qu'elle l'avait d'abord cru. Il est un peu bizarre que des filles commencent à s'entraîner pour devenir meneuses de claque avant même l'école primaire, c'est certain. Mais Sophie admire leur détermination.

Finalement, Mme Chaîné réapparaît et annonce :

— Ce sera tout pour aujourd'hui. Rendez-vous ici demain, à la même heure.

Sophie et Kim se dirigent vers les gradins pour aller

chercher leurs affaires.

— Être meneuse de claque est plus difficile que je ne le croyais, se plaint Kim.

— Avant même de t'en rendre compte, dit Sophie avec un large sourire, tu feras des sauts de main.

— Si je retourne à l'entraînement, lui rappelle Kim.

— Kim! lance Mme Chaîné qui s'avance vers les deux jeunes filles. Je voulais trouver un moment pour que tu essaies ton costume. Peux-tu venir avec moi à la salle d'équipement lundi prochain après l'école?

Kim hésite. Au même moment, les garçons de l'équipe de football commencent à quitter le terrain à pas lourds, casque en main, cheveux ébouriffés et mouillés. Le regard de Kim se pose sur une longue silhouette. Ses yeux s'illuminent.

— Pas de problème, dit-elle en se retournant vers Mme Chaîné.

— Parfait, conclut l'entraîneuse avec son sourire de publicité de dentifrice. Alors à la semaine prochaine.

— Mais il y a un entraînement demain, non? demande Kim.

— Il n'est pas nécessaire que tu participes à toutes les séances, répond Mme Chaîné.

— Mais comment est-ce que je vais apprendre les numéros?

— Tu n'as pas besoin de connaître tous les numéros.

Ce qu'il faut que tu fasses surtout, c'est... improviser. Courir un peu partout. Faire des vagues pour animer la foule. Faire rire les spectateurs.

— Faire rire la foule, répète Kim. Ah bon...

Après le départ de l'entraîneuse, Sophie se tourne vers Kim.

— Mais si tu ne viens pas à l'entraînement, commence-t-elle, ça veut dire...

Sophie regarde les autres meneuses de claque et son estomac se serre. *Ça veut dire que je serai toute seule.*

CHAPITRE
Six

— Un, deux, et hop!

Au signal, Sophie prend appui sur les épaules de Danika et de Jennifer avec ses mains. Les deux filles sont dans une position de fente très profonde. Le pied droit posé fermement sur la cuisse de Danika, Sophie soulève le pied gauche du sol pour le poser sur la cuisse de Jennifer. Elle se tient maintenant sur leurs jambes repliées, en équilibre entre les deux. Sophie bloque les genoux et lève les bras pour faire un V.

Elle conserve son équilibre une seconde... deux secondes...

Puis elle vacille. Son pied glisse et elle tombe sur le gazon.

— Bel effort, mesdemoiselles! crie Mme Chaîné. Jennifer, ta position de fente doit être plus profonde. Je devrais pouvoir poser un verre d'eau sur ta cuisse. Sophie, allonge les bras, je veux voir un V pour Victoire et non pas un U pour Ultramoche. Et toi, Sara, continue-t-elle en se tournant vers la jeune fille qui pare Sophie et qui se tient derrière Danika et Jennifer, où étais-tu? Essayez une autre fois.

Pendant que Danika et Jennifer reprennent leur position, Sophie se secoue les jambes. Après une semaine de numéros simples, on passe aux acrobaties, comme les appuis sur cuisses. Sophie est surprise de constater à quel point ces figures, en apparence si simples, sont difficiles. Si chacune ne joue pas son rôle à la perfection, le porté est raté. Elle commence à comprendre pourquoi l'entraîneuse insistait tant sur l'importance du travail d'équipe.

Comme Sophie a la plus petite stature de toutes les filles de l'équipe, on en a fait une voltige, ce qui signifie qu'elle se fait soulever dans les acrobaties. Isabelle et Florence, deux autres filles de petit gabarit, jouent le même rôle. Le reste des filles soulèvent les voltiges dans les airs, ou encore les soutiennent dans les portés et font en sorte qu'elles ne tombent pas.

— Tu t'en sors très bien, dit Sara à Sophie, et d'un mouvement de tête, elle montre Florence qui s'exerce avec un autre groupe. L'année dernière, Florence a mis des semaines à réussir ça. Tu apprends vite, ajoute-t-elle.

— Merci, répond Sophie en rougissant.

— Prête à réessayer? demande Sara.

Sophie hoche la tête et va se mettre en place derrière Danika et Jennifer. Elle pose son pied droit sur la cuisse de Danika et ses mains sur les épaules des deux filles.

— Un, deux, et hop! compte Sara.

Cette fois, le pied de Sophie glisse de la cuisse de Jennifer avant même qu'elle ait le temps d'allonger les jambes. Sara l'attrape par la taille pour l'empêcher de tomber.

— Je pense que c'est le temps de faire une pause, annonce Mme Chaîné.

Sophie grogne dans son for intérieur. Ce sont les mots qu'elle appréhende plus que tout, même plus que la directive « Escaliers! » que toutes les filles détestent. Elle aurait préféré courir 15 minutes dans les escaliers plutôt que de faire une pause de 15 minutes avec les autres meneuses de claque.

Les filles se dirigent vers les gradins pour attraper bouteilles d'eau et boissons énergétiques.

Sophie sort une bouteille de jus fraise-kiwi de son sac à dos et observe la scène. Isabelle et Jade sont assises côte à côte sur le gazon; Romane et Joanie sont assises en face d'elles. Depuis que les répétitions des meneuses de claque ont débuté, Isabelle, Jade, Romane et Joanie sont devenues un quatuor d'inséparables. En fait, on dirait que les deux filles les plus populaires de première secondaire ont gagné la faveur d'Isabelle et détrôné les jumelles. Annie et Marie sont assises un peu à l'écart et parlent plus ensemble qu'aux autres filles. Les autres recrues, Jennifer, Danika et Laurence rôdent autour du groupe, attirées comme par un aimant. Visiblement, elles éprouvent toutes une crainte mêlée de respect envers Isabelle.

Sara et Florence se tiennent aussi à l'extérieur du groupe et boivent à grandes gorgées leur bouteille de boisson énergisante. Contrairement au reste des meneuses de claque, elles ne semblent même pas vouloir faire partie du groupe d'Isabelle. Sophie a remarqué qu'elles s'assoient généralement ensemble pendant les pauses, et elle ne les a jamais vues une seule fois avec la bande d'Isabelle à l'heure du dîner.

Sophie est toujours à l'agonie pendant les pauses parce qu'elle ne sait pas avec qui s'asseoir. Qu'importe son choix, elle a toujours l'impression d'être laissée à l'écart, trop timide pour se mêler à une conversation sans se sentir stupide. Pour Sophie, c'est la partie la plus difficile de l'entraînement. Elle aimerait tant que Kim soit là avec elle.

Finalement, elle décide de s'asseoir à côté de Laurence. Elle vient tout juste de s'installer sur le gazon quand elle entend quelqu'un appeler : « Eh, La Puce! »

Il faut une seconde à Sophie pour se rendre compte qu'Isabelle s'adresse à elle. Isabelle lui a accordé très peu d'attention jusqu'à maintenant, sauf pour lui donner des directives pendant la répétition des numéros.

— Est-ce que je peux avoir un peu de ta boisson? demande-t-elle à Sophie. J'adore la saveur fraise-kiwi.

Sophie lui tend aussitôt la bouteille. Isabelle la porte à ses lèvres, puis s'arrête et jette un regard en coin à Sophie.

— Tu n'as pas de microbes, j'espère.

Des microbes? se dit Sophie, étonnée. Qui parle de microbes à l'école secondaire? Mais elle ne veut surtout pas qu'Isabelle répande de rumeur en disant que Sophie Sauvageau est pleine de microbes.

— Non, répond-elle, d'un air sombre.

— Je blaguais, fait Isabelle en roulant les yeux.

— Ah bon.

Isabelle boit longuement. Quand elle a terminé, elle examine Sophie d'un œil critique.

— Tu es jolie, dit-elle. Tu as de beaux sourcils. Mais tes cheveux seraient mieux si tu portais la raie du côté gauche. Et tu devrais utiliser du mascara. Moi, je n'en ai pas besoin. Mes cils sont naturellement longs et épais, alors ça ferait bizarre. Mais les tiens sont très courts.

Sophie ne sait trop que répondre, alors elle hoche simplement la tête.

— Je vais te surnommer La Puce, décide Isabelle, parce que tu es toute petite.

Puis, comme Sophie ne dit rien, elle ajoute :

— Je suis sûre que tu n'aimerais pas que je t'appelle Le Microbe, n'est-ce pas?

Jade se met à rire, de même que Romane et Joanie. Sophie sourit d'un air gêné. Elle est incapable de dire si Isabelle se moque d'elle ou pas.

— Mesdemoiselles, on se remet au travail! lance Mme Chaîné d'une voix forte.

— Merci pour le jus, La Puce. Tu es très gentille, dit Isabelle en rendant à Sophie la bouteille dans laquelle il ne reste que quelques gorgées.

Sophie ne s'en fait pas pour autant. Isabelle Raymond lui a dit qu'elle avait de jolis sourcils. En plus, elle lui a dit qu'elle était très gentille. Et elle lui a donné un surnom! Pour la première fois depuis que Sophie est meneuse de claque, elle a comme l'impression de faire partie de l'équipe.

Peut-être que je commence à m'intégrer, après tout, se dit-elle.

Le vendredi soir, Kim et Sophie sont pelotonnées sur le sofa dans le salon des Lavoie. Sophie s'efforce de garder les yeux ouverts tandis que Kim zappe d'une chaîne à l'autre, à la recherche de quelque chose à regarder.

Sophie dort presque toujours chez Kim le vendredi soir. Habituellement, elle peut rester debout toute la nuit à regarder de vieux films en noir et blanc. Mais il est seulement 22 heures et elle bâille déjà.

— Il n'y a rien d'intéressant, se plaint Kim.

Kim est une zappeuse professionnelle. Elle ne peut jamais se décider à regarder une seule émission. Même si elle aime l'émission, elle doit changer de chaîne pour voir ce qu'il y a d'autre ailleurs. Si Sophie veut regarder un film sans interruption, elle doit se battre pour enlever la télécommande des mains de Kim.

Finalement, Kim éteint la télévision.

— Allons dans ma chambre, propose-t-elle. On se fera les ongles.

En passant devant la cuisine, les filles y font une escale. Kim saisit une boîte de biscuits aux brisures de chocolat dans le garde-manger ainsi que deux cannettes de soda dans le réfrigérateur. Puis, juste avant de sortir de la pièce, elle attrape un sac de bretzels et un pot de beurre d'arachide. Les bras chargés de provisions, les deux amies se rendent dans la chambre de Kim.

Celle-ci s'installe sur le plancher. Elle ouvre sa cannette de soda et débouche un flacon de vernis à ongles.

— Alors, dit-elle, raconte-moi comme c'est horrible d'être meneuse de claque.

— Ce n'est pas si pénible que ça, répond Sophie tout en prenant un flacon de vernis rose et en regardant dessous pour voir le nom : Décadence rose. Certaines des acrobaties sont difficiles, poursuit-elle. À part ça, aucun problème.

Sophie dépose le flacon et se dirige vers le miroir de Kim. D'un coup de tête, elle dégage ses cheveux de son visage et examine ses cils rabougris.

— As-tu du mascara? demande-t-elle en cherchant dans le fouillis de crayons, barrettes, tubes de brillant à lèvres et autres babioles sur la commode de Kim.

— Non, répond son amie, je trouve le mascara dégoûtant. Tes cils sont censés empêcher les poussières d'entrer dans tes yeux. Si tu mets de la crasse dessus, c'est contre nature. De toute façon, je pensais que ta mère ne voulait pas que tu portes de maquillage.

— C'est vrai.

La mère de Sophie, qui ne se maquille pas du tout, a prévenu sa fille qu'elle ne pourrait pas en porter avant l'âge de 16 ans. D'ailleurs, sa mère lui dit toujours : « Si tu veux couvrir ton beau visage avec ces choses, tu devras attendre d'avoir l'âge de te rendre au magasin en voiture pour en acheter. »

— Je voulais juste voir ce que ça donnerait, dit Sophie à Kim tout en repoussant encore une fois ses cheveux.

— Qu'est-ce qu'ils ont, tes cheveux? demande Kim en levant le nez de l'ongle d'orteil qu'elle est en train de vernir.

— C'est seulement quelque chose que j'essaie.

— Tu as l'air hystérique quand tu donnes des coups de tête comme ça.

— C'est la première fois que je porte la raie de ce côté, réplique Sophie. Alors mes cheveux retombent toujours sur mon visage.

— Pourquoi tu n'utilises pas des barrettes comme d'habitude?

— Les barrettes sont moches, dit Sophie en haussant les épaules.

Elle essaie d'accoutumer ses cheveux à la raie du côté gauche, comme Isabelle l'a suggéré, mais ils lui reviennent sans cesse dans les yeux. En fait, Sophie aime ses cheveux ainsi. Elle est persuadée que cette coiffure lui donne un air sophistiqué.

— Alors, parle-moi de la dernière répétition, reprend Kim. Qu'est-ce que Mlle Superégo a fait cette fois-ci?

Kim assiste aux répétitions les lundis seulement. Elle reste assise et attend que les meneuses de claque finissent leur numéro, puis elle prend la position finale avec elles.

Sophie comprend que Kim déteste les répétitions. Elle-même n'aimerait pas rester assise à ne rien faire. Mais cela donne à Kim beaucoup de temps pour observer les autres meneuses de claque. C'est elle qui a fait remarquer à Sophie que Romane et Joanie s'étaient rangées du côté d'Isabelle et que les jumelles n'étaient plus de la partie. À l'entendre, on croirait qu'elle passe tous ses lundis après-midi à regarder une émission spéciale tout à fait délirante après l'école et non pas l'entraînement des meneuses de claque de Méridien.

— De qui parles-tu? demande Sophie d'un air détaché.

Elle sait de qui parle Kim, mais elle n'a pas envie de poursuivre sur le sujet.

— Tu blagues? D'Isabelle, évidemment. Elle a un égo de la taille du Saint-Laurent.

— C'est vrai qu'il lui arrive d'être autoritaire. Mais elle est capitaine de l'équipe. Il faut qu'elle soit autoritaire.

— Pas juste autoritaire. Elle est malade de pouvoir. Joël l'appelle Le Tyran.

— Quand as-tu vu Joël? demande Sophie, qui sent la chaleur lui monter au visage.

Elle n'a pas oublié le picotement sur ses doigts quand elle a effleuré ceux de Joël, au dîner l'autre jour.

— Au début de la semaine, répond Kim en haussant les épaules, quand tu es allée à une répétition.

Sophie attend que Kim en dise plus, mais son amie pense toujours aux meneuses de claque.

— Et Jade? demande-t-elle en plongeant la main dans la boîte de biscuits. Elle fait comme si elle était une sorte de reine de beauté, mais elle suit Isabelle partout comme un petit chien. On devrait les appeler Isabeau et Fido.

Sophie fronce les sourcils. Ce n'est pas très gentil de parler ainsi de Jade derrière son dos, surtout que Jade lui a dit qu'elle avait des ongles parfaits. Et une fois, elle a prêté un bandeau à Sophie et ne le lui a même pas réclamé par la suite.

— Mme Chaîné dit que Jade est celle qui lève la jambe le plus haut de toute l'équipe, déclare-t-elle, car elle sent le besoin de la défendre.

— Mme Chaîné est un énergumène, rétorque Kim, la bouche pleine de biscuits. « Vous êtes toutes des STARS, l'imite-t-elle, mais vous faites toutes partie de la même constellation. » On aura tout entendu.

— Pourquoi es-tu soudain si négative? demande Sophie, incapable de dissimuler son exaspération. C'est toi qui voulais être meneuse de claque au début.

— C'était avant que je découvre qu'elles sont toutes des tyrans, des suiveuses et des énergumènes.

— Oh! alors, je suis quoi, moi?

— Voyons, Sophie, je ne parlais pas de *toi*.

— Bien sûr…

— Ne panique pas. Je blaguais c'est tout.

Sophie se met debout.

— Je pense que je vais aller me coucher.

— Mais il est seulement 22 h 30, proteste Kim en regardant le réveil sur la table de chevet.

— Je suis vraiment épuisée, après l'entraînement de cette semaine.

Sophie se glisse dans le lit double de Kim et tire les couvertures. Il y a un moment de silence.

— Tu n'es pas très amusante, ce soir, entend-elle Kim marmonner.

Son amie est restée assise par terre.

Eh bien, toi non plus, pense Sophie.

CHAPITRE
sept

La semaine suivante, Sophie se trouve près de son casier quand quelqu'un lui tape sur l'épaule. Elle se retourne... et pousse un cri aigu.

Une tête de mule géante, aux yeux et aux dents croches, se balance à quelques centimètres de son nez.

— Goooo Méridien! crie Kim de l'intérieur de la tête.

— Kim, tu m'as fait peur! s'exclame Sophie en mettant la main sur son cœur, qui bat à toute vitesse.

Kim retire la tête.

— Je sais que ça fait peur, dit-elle. Mme Chaîné ne pourra pas m'emmener à la salle d'équipement après l'école, alors il a fallu que j'aille prendre la tête maintenant. Elle n'entre pas dans mon casier. Je dois donc la garder avec moi jusqu'au match de cet après-midi. Ça ne va pas très bien avec ton ensemble, ajoute-t-elle en fixant l'uniforme de Sophie. Cette jupe n'est-elle pas contre le règlement de l'école?

Sophie rougit en tirant sur le bord de sa jupe plissée de meneuse de claque. Kim a raison. Selon le règlement, les jupes et les shorts ne peuvent pas être à plus de cinq centimètres au-dessus du genou. Mais lorsque Sophie place ses bras le long de son corps, c'est tout juste si la jupe lui arrive au bout des doigts.

— J'imagine qu'ils font une exception pour l'uniforme des meneuses de claque, dit-elle, malheureuse. S'il te plaît, n'en fais pas tout un plat. C'est déjà assez gênant comme ça.

Pour la première fois, Sophie remet en question toute cette histoire de meneuse de claque. Passer ses après-midi à culbuter et à répéter des numéros n'est pas trop mal. Mais se présenter en classe avec une jupe si courte qu'il lui faut porter des sous-vêtements coordonnés, ça, c'est autre chose.

Kim s'adosse au casier voisin de celui de Sophie et pose son regard de l'autre côté du corridor.

— Regarde comme il est beau avec une cravate, dit-elle d'un ton rêveur.

Sophie n'a pas besoin de demander de qui elle parle. Elle jette un œil en direction de Charles. Il a remplacé son t-shirt et son jean habituels par une chemise à col boutonné bleue, un pantalon d'armée et une cravate jaune. Le premier match important de la saison a lieu cet après-midi. Les meneuses de claque portent leur uniforme les jours de match pour montrer leur appui à leur école. Les joueurs de football, quant à eux, se font beaux pour montrer qu'ils prennent la partie au sérieux.

— Je suis ici, moi, l'amour de sa vie, juste de l'autre côté du corridor, se plaint Kim. Je ne peux pas croire qu'il ne m'a pas encore remarquée.

Sophie elle-même en est surprise. Kim n'est pas du genre à passer inaperçue. Et particulièrement lorsqu'elle tient une tête de mule de 60 cm de hauteur.

— Pourquoi tu ne vas pas lui dire quelque chose? lui suggère-t-elle.

— Comme quoi? Épouse-moi?

— Je pensais plutôt à quelque chose comme : « Salut, comment ça va? » réplique Sophie.

Kim fronce les sourcils.

— Je ne peux pas tout simplement aller le voir et commencer à parler, dit-elle.

Soudain son visage s'éclaire.

— Je sais! Je pourrais peut-être faire semblant d'échapper quelque chose près de son casier! Et quand je me relèverais, il serait juste là et je pourrais dire : « Allô! »

— Ce n'est pas une mauvaise idée, concède Sophie.

— Tu crois?

— Vas-y, ne le laisse pas s'échapper.

Kim prend une respiration profonde et s'apprête à aller vers le casier de Charles.

— Kim? dit Sophie.

— Quoi? répond Kim en se tournant.

— Tu devrais peut-être laisser la tête de mule ici.

— Euh... d'accord.

Tandis que Kim part à la conquête de l'amour de sa vie, Sophie continue à chercher son livre de mathématique dans son casier.

— Allô, Sophie.

Sophie lève la tête. Joël se tient près de la porte de son casier.

— Comment ça va? demande-t-il.

— Euh... bien.

Zut! se dit Sophie. Joël est bien la dernière personne dans toute l'école à qui elle souhaite montrer son uniforme de meneuse de claque.

— Alors, prête pour ton premier match? s'informe-t-il.

Sophie hausse les épaules. Penser à la partie la rend encore plus nerveuse.

— Ouais, il faut bien, marmonne-t-elle.

— Oh, fait Joël dont le sourire s'éteint un peu. Eh bien, je voulais simplement te dire que je serais là.

Joël sera au match? Joël va la voir exécuter les

numéros? Toutes les fois qu'elle s'est imaginée en train de faire la meneuse de claque, c'était toujours devant une foule anonyme. Mais c'est stupide, bien sûr. Les gens qui assisteront au match seront tous des jeunes qu'elle connaît. Comme Joël.

— Super, lâche Sophie sans grand enthousiasme.

Avant que Joël puisse répliquer, ils sont interrompus par une grande agitation de l'autre côté du corridor. Sophie se retourne juste à temps pour voir les livres de Charles lui échapper des mains tandis qu'il bute contre Kim qui est agenouillée devant son casier.

Sophie et Joël font une grimace.

— Oh! s'exclame Kim, qui s'élance pour attraper un des livres en même temps que Charles.

Ils se cognent la tête. Au moment où Charles porte la main à son front endolori, Kim ramasse le livre.

— Le voilà, dit-elle avec un sourire radieux.

Charles prend le livre avec précaution. Il ramasse les autres rapidement, avant que Kim puisse le faire, puis il s'éloigne en secouant la tête.

Un instant plus tard, Kim retourne au casier de Sophie d'un pas lourd. Son visage est écarlate.

— Ça n'a pas bien marché du tout, laisse-t-elle tomber.

« Alors êtes-vous prêts? »
Tape-tape-tape-tape

81

« Oui, vous êtes prêts! »

Tape-tape-tape-tape

Pendant que les joueurs de football envahissent le terrain, les meneuses de claque de Méridien essaient de stimuler la foule en tapant des mains.

« Oui, vraiment prêts! »

Tape-tape-tape-tape

Tout en effectuant son numéro, Sophie parcourt des yeux la foule dans les gradins. Elle se dit qu'elle ne cherche pas Joël, qu'elle ne fait que regarder. Mais lorsqu'elle l'aperçoit, assis en compagnie de quelques autres garçons de leur classe, son estomac fait un petit tour.

« Go, Méridien, go! »

Kim est postée à côté des meneuses de claque et porte son énorme tête de mule ainsi qu'une combinaison brune pelucheuse. Lorsque les meneuses de claque prennent leur dernière pose, elle arrive au pas de course, se laisse glisser et s'arrête sur un genou en ouvrant grand les bras comme pour dire : « Et voilà! »

Un ou deux enfants dans la foule applaudissent mollement. Quelqu'un siffle sans entrain.

Pourquoi avoir des meneuses de claque si personne ne montre d'enthousiasme? pense Sophie, mécontente. *Et même s'ils applaudissent, est-ce que ça va changer quelque chose?* Soudain, elle se demande pourquoi elle se trouve là. Kim avait peut-être raison. Elle aurait peut-être dû abandonner dès le début.

Isabelle crie aux meneuses de claque de reprendre leur place. Au cours des 45 minutes qui suivent, elles enchaînent numéro après numéro. Elles scandent des bans défensifs quand l'autre équipe a le ballon et des bans offensifs quand leur équipe le récupère. Chaque fois que Méridien fait quelque chose de bon, les filles lèvent haut les bras et les jambes.

Sophie garde toujours un œil anxieux sur Isabelle. Elle ne connaît pas grand-chose au football et elle craint d'encourager l'autre équipe si elle ne fait pas attention.

À la mi-temps, la voix de Sophie est éraillée après tous ces cris. Les joues lui font mal tant elle s'efforce de faire un sourire qui n'est pas du tout naturel.

La fanfare de l'école entre à grandes enjambées dans le stade en jouant une version hésitante de l'hymne national. Un garçon rondouillard aux cheveux frisés, cymbales en mains, ferme la marche. Sophie ne le reconnaît pas. Elle se dit qu'il doit s'agir d'un nouveau. À intervalles réguliers, il donne un joyeux coup de cymbales, sans se soucier de la musique.

En regardant le joueur de cymbales, Sophie se met à rire nerveusement. Soudain, on dirait le monde à l'envers. Sophie la timide est devenue meneuse de claque. Kim la fille à la mode est une mule. Et le joueur de cymbales... elle ne sait rien de lui, mais il n'est visiblement pas à sa place dans la fanfare.

On dirait qu'il s'agit d'un gros malentendu. L'idée lui semble drôle. Au même moment, les cymbales retentissent une autre fois, ce qui la fait rire de plus belle.

Elle lève les yeux en direction des gradins et aperçoit Joël qui rit. Leurs regards se croisent et elle sait qu'il a remarqué le joueur de cymbales. Ils sourient, complices dans cette situation cocasse. Sophie se surprend à lui faire un signe de la main. Il y répond.

Au même moment, ses yeux tombent sur Kim. Celle-ci court devant les gradins, tentant d'encourager les spectateurs à faire une vague. Mais personne ne lui prête attention.

Sophie ne peut pas voir le visage de son amie dans la tête de la mule. Mais à en juger par ses épaules courbées, Sophie sait qu'elle ne s'amuse pas.

Pendant le reste du match, quand elle ne surveille pas Isabelle, Sophie observe Kim. Lorsque Méridien attrape le ballon, la mascotte saute. Elle tente encore et encore d'inciter la foule à faire une vague. Mais plus le temps passe, moins Kim saute. Bientôt, c'est à peine si ses pieds quittent le sol.

Méridien s'incline devant ses adversaires. Le résultat final est de 14 à 7. Sophie s'apprête à aller rejoindre Kim afin de lui témoigner son empathie, quand elle aperçoit sa mère qui vient à sa rencontre.

— Maman! s'écrie Sophie. Qu'est-ce que tu fais ici? Je pensais que tu allais passer me prendre à 17 h 30.

— J'ai filé plus tôt aujourd'hui, confesse sa mère. J'ai abandonné plein de travail. Je ne voulais pas manquer ta première partie.

La mère de Sophie est bibliothécaire à l'université locale où son père occupe le poste de doyen. Ses parents prennent leur travail très au sérieux. Ils ne s'absentent à peu près jamais, même lorsqu'ils sont malades.

— Tu étais magnifique, ma chouette, lui dit sa mère en passant un bras autour d'elle. Tous ces battements très hauts. Et certains des slogans étaient très... intelligents. Comme de petits poèmes.

Sophie sourit. Elle a l'impression que sa mère voit un match de football pour la première fois. Ses parents ne sont pas tout à fait du genre à assister à des événements sportifs.

Ils ont été stupéfaits lorsque leur fille, si réservée, leur a annoncé qu'elle avait été choisie pour faire partie de l'équipe des meneuses de claque. Stupéfaits et un peu inquiets. « J'ai toujours dit que quand on veut, on peut, a déclaré son père d'un air fanfaron. Mais j'espère que ça ne va pas nuire à tes études. » « C'est incroyable, ma chouette, a dit sa mère, sans chercher à dissimuler sa surprise. Est-ce vraiment ce que tu voulais? » Sophie ne peut pas leur en vouloir. Elle-même avait peine à y croire.

Elle est donc à la fois surprise et ravie que sa mère soit venue assister au match. Elle sait qu'elle a fait de son mieux pour l'encourager.

— Tu étais merveilleuse aussi, Kim, ajoute la mère de Sophie lorsque Kim s'approche avec sa tête de mule sous le bras.

— Merci, madame Sauvageau, répond Kim sans enthousiasme. Mais je sais que j'étais nulle.

— Je ne m'y connais pas en mascotte, mais je crois que tu étais géniale. Je vous offre toutes les deux une crème glacée pour célébrer ça, annonce la mère de Sophie.

Autre surprise. Sophie hausse les sourcils. Ses parents achètent rarement des sucreries. Pour eux, un bon dessert se résume à des fruits frais et du yogourt.

Sa mère surprend sa réaction.

— C'est une occasion spéciale, se défend-elle. Surtout, pas un mot à ton père.

— Merci, madame Sauvageau, dit Kim, mais je n'ai pas très faim. Je pense que je vais simplement prendre le dernier bus pour rentrer à la maison.

— Nous pouvons t'emmener, Kim, propose la mère de Sophie.

— Ça va, répond Kim en secouant la tête. À bientôt, Sophie.

— Je te téléphone tout à l'heure, dit Sophie.

Elle regarde Kim s'éloigner en traînant les pieds, la tête de la mascotte sous le bras. Elle sait que Kim est triste à cause du match et elle aurait voulu lui parler. Mais sa mère semble tellement emballée par sa suggestion que Sophie ne veut pas la décevoir.

— On y va? demande Mme Sauvageau.

— Oui, allons-y, dit Sophie en hochant la tête.

CHAPITRE
huit

Les deux matchs suivants ne se passent pas mieux, ni pour l'équipe ni pour Kim. Bien qu'elle s'épuise à courir dans tous les sens devant la foule pour l'inciter à faire une vague, les spectateurs ne lui prêtent aucune attention la plupart du temps.

Sophie voit bien que son amie se décourage de plus en plus. Elle se met à appréhender les jours de match en pensant à son amie. En plus, elle craint que Kim n'abandonne. Sophie ne veut pas être forcée d'aller aux matchs sans elle.

Puis, le jour où doit avoir lieu le quatrième match, Kim ne se présente pas. Sophie guette son arrivée pendant les exercices d'échauffement des meneuses de claque et pendant les premiers numéros. Quand elle voit que Kim n'est toujours pas là au deuxième quart-temps, Sophie se doit d'admettre qu'elle ne viendra pas. Mais comme Méridien mène, Sophie oublie Kim pendant un moment. On dirait que l'équipe de football a enfin une chance réelle de remporter un match.

Méridien fait un touché. La foule applaudit. Sophie lève la jambe jusqu'à son oreille pour montrer à quel point elle est contente.

Isabelle donne le signal de se mettre en place pour un autre ban d'encouragement.

C'est l'heure
L'heure d'affronter les meilleurs.
Méridien est là.
Êtes-vous prêts pour ça?

Elles en sont au milieu de leur numéro quand Sophie remarque que certains spectateurs rient.

Est-ce qu'ils rient de nous? se demande-t-elle.

Elle regarde tout autour et aperçoit Kim, qui est enfin arrivée, vêtue de son costume de mule. Elle se tient derrière les meneuses de claque, essayant de suivre l'enchaînement. Mais comme elle ne le connaît pas, ses mouvements sont tous décalés.

Les meneuses de claque finissent leur numéro en levant haut les jambes et en faisant des roues. Du coin de l'œil, Sophie voit Kim qui essaie de lever la jambe. L'énorme masque rend la chose très difficile. Son battement tremblotant est très comique.

La foule rit de plus belle.

Encouragée, Kim pose ses mains au sol et lance ses pieds en l'air pour exécuter une de ses roues désaxées.

— Go Méridien! hurle quelqu'un dans la foule.

Sophie se tourne vers Isabelle qui observe Kim, les mains sur les hanches et les sourcils froncés.

Pendant tout le reste du match, Kim exécute les numéros tout à côté des meneuses de claque. Quand elle ne connaît pas les mouvements, elle les invente. Les spectateurs semblent l'adorer. Ils rient et crient à tue-tête chaque fois que la mascotte se met à danser.

Méridien remporte le match, avec un score de 21 à 6.

Après le match, Sophie est en train de ramasser ses pompons quand Kim arrive, la tête de la mascotte sous le bras. Ses joues sont roses et la sueur a humecté les boucles sur ses tempes.

— Peux-tu descendre ma fermeture éclair? demande-t-elle à Sophie. C'est fou comme il fait chaud dans ce costume.

Sophie descend la fermeture à l'arrière de la combinaison pelucheuse.

— Où étais-tu au début du match? demande-t-elle. Je te cherchais.

— J'avais perdu la tête.

— Quoi?

— J'avais perdu la tête de la mule. Je l'avais laissée quelque part, par mégarde.

— Où ça?

— Dans le placard du concierge, au sous-sol.

Sophie la dévisage.

— Par mégarde ou exprès?

Kim sourit d'un air penaud.

— Je me suis dit que si je n'avais pas la tête, je ne pourrais plus assister aux matchs. Heureusement, le concierge l'a trouvée et l'a rapportée à Mme Chaîné. Et Mme Chaîné *a fait en sorte* que je vienne au match.

— Je n'en doute pas! s'exclame Sophie en pouffant de rire. Je suis contente que tu sois venue. Tu étais très bonne. Tout le monde riait.

Le sourire de Kim s'agrandit.

— Ouais, ça riait beaucoup, hein? C'était très amusant de faire l'idiote. Je me suis dit que, puisque j'avais déjà l'air idiote, je n'avais plus rien à perdre.

Au cours des deux semaines qui suivent, Sophie, à la demande de Kim, apprend à cette dernière quelques-unes des acrobaties. Pendant les matchs, Kim les mélange toutes et y ajoute ses propres mouvements rigolos. Elle obtient un grand succès. La foule applaudit encore plus fort quand Kim arrive sur le terrain.

Même à l'école, les gens s'écrient : « Go, Méridien! » quand ils aperçoivent Kim. Sophie trouve cette réaction un peu gênante, mais cela fait rire Kim. Sophie se rend compte que son amie aime attirer l'attention. Kim apprécie à peu près toutes les formes d'attention.

Sophie commence, quant à elle, à aimer son rôle de meneuse de claque. Au cours des répétitions, Isabelle et les autres filles la traitent comme si elle faisait partie du groupe. Elle est devenue la meilleure voltige, maîtrisant les acrobaties presque aussitôt que Mme Chaîné les leur apprend. Pendant les matchs aussi, les choses vont mieux. Sophie n'a plus besoin de s'efforcer sans cesse de sourire; elle le fait tout naturellement.

Sophie ne saurait dire si les encouragements des meneuses de claque ont un effet sur les matchs. Mais quelque chose semble fonctionner. Vers la mi-octobre, la tendance se renverse et l'équipe de football de Méridien remporte de plus en plus de victoires.

Un après-midi, après une autre victoire, Sophie et les autres meneuses de claque se trouvent dans le vestiaire lorsque Isabelle fait irruption dans la pièce.

— Salut, La Puce.

— Salut, Isabelle! lance Sophie. C'était un bon match, hein?

— Ouais, c'était bien. Je voulais te dire que j'organise une fête chez moi samedi prochain, lui annonce Isabelle. Tu peux venir. Toutes les meneuses de claque sont invitées.

— Vraiment? fait Sophie en arrondissant les yeux.

Super, je vais demander à…

Elle s'interrompt. Peut-être que cela ne fait pas très branché de dire qu'on doit demander la permission à sa mère.

— Je viendrai, conclut-elle.

Isabelle hoche la tête.

— Je vais t'envoyer mon adresse par courriel. En passant, La Puce, tes cheveux ont vraiment l'air super ces derniers temps. À bientôt.

Elle fait un petit signe de la main et retourne auprès de Jade, Romane et Joanie, qui l'attendent plus loin. Sophie les regarde ramasser leurs sacs et partir.

Quelques casiers plus loin, Sara plie son uniforme et le place dans un sac de sport. Sophie se tourne vers elle, emballée.

— Alors tu vas à la fête chez Isabelle? lui demande-t-elle.

Sara hausse les épaules.

— Probablement pas, répond-elle. Samedi prochain, c'est l'anniversaire de mariage des parents de Florence. Elle doit garder son frère et sa sœur. Je lui ai dit que je lui donnerais un coup de main.

Sara préfère garder des enfants plutôt qu'aller à une fête chez Isabelle? Sophie la fixe d'un air incrédule.

— C'est vraiment dommage pour Florence, dit-elle. Mais elle pourrait probablement trouver quelqu'un d'autre pour l'aider, non?

— Probablement, répond Sara, mais je lui ai déjà dit que je le ferais. Je ne laisse pas tomber mes amies aussitôt qu'Isabelle claque les doigts.

Sa voix est coupante. Sara ferme son sac.

— À demain! lance-t-elle.

Elle balance son sac par-dessus son épaule et se dirige vers la porte.

Bon, se dit Sophie, *si Sara a un problème avec Isabelle, ça ne me concerne pas.* Elle sourit et se félicite. Elle est invitée à une fête chez une fille de deuxième secondaire. Et pas n'importe laquelle : Isabelle Raymond, la fille la plus populaire de l'école!

— Mégafrissons! murmure Sophie

— Quels mégafrissons? demande Kim qui arrive derrière elle.

Sophie se tourne vers son amie en souriant de toutes ses dents.

— Tu sais quoi? Nous sommes invitées à une fête chez Isabelle!

CHAPITRE
neuf

Pendant toute la semaine, Sophie se répète les mots comme s'il s'agissait d'une formule magique. « Tu es invitée. » Elle se sent tout à coup différente; plus jolie, plus intéressante. C'est comme si, d'un coup de baguette magique, elle avait été transformée en quelque chose d'extraordinaire.

Elle n'est pas la seule à l'avoir remarqué. Dernièrement, des étudiants que Sophie connaît à peine la saluent dans les corridors. Et pas n'importe qui : les populaires, ceux qui, l'année dernière, ne lui prêtaient même pas attention. Mais l'année dernière, se souvient Sophie, elle aurait rougi et se serait éloignée en rentrant la tête dans les épaules. La nouvelle et super Sophie est beaucoup plus extravertie.

— Qu'est-ce qui se passe? Tu te présentes comme

présidente de classe ou quoi? lui demande Kim alors qu'elles se rendent à l'école, le jeudi.

— De quoi parles-tu? demande Sophie.

— Tu as salué presque chaque personne que nous avons croisée. On dirait que tu es en pleine campagne électorale.

Sophie fronce les sourcils, puis, d'un coup de tête, dégage ses cheveux de son visage.

— Ils m'ont saluée en premier, rétorque-t-elle. Je leur réponds, c'est tout.

Kim la regarde d'un drôle d'air.

— Si tu le dis. Passons. Alors, je me demandais si tu voulais venir chez moi après l'école aujourd'hui? Comme tu n'as pas de répétition, tu auras le temps. Il y a quelque chose que je voudrais préparer pour le match de demain.

Les adversaires de Méridien au match du lendemain seront les étudiants de l'école Nord-Ouest, leurs grands rivaux. Mme Chaîné a donné congé aux meneuses de claque en leur ordonnant de faire le plein de glucides et de bien se reposer. Quelquefois, l'entraîneuse semble oublier qu'elles ne sont là que pour encourager les joueurs, pas pour jouer elles-mêmes.

— J'aimerais bien aller chez toi, s'excuse Sophie, mais je ne peux pas. Ma mère et moi allons faire des courses ensemble cet après-midi.

Depuis que Sophie a reçu l'invitation à la fête chez

Isabelle, elle s'est rendu compte qu'elle avait un problème : elle n'a rien à porter. Habituellement, elle demande à Kim de s'occuper de toutes ces questions de mode. Mais la fête ne semble pas vraiment intéresser Kim. Chaque fois que Sophie aborde le sujet, elle parle d'autre chose.

C'est vrai qu'elle n'a pas souvent eu l'occasion de le faire. En fait, Sophie n'a presque pas vu Kim de la semaine. À deux reprises, lorsque Sophie est allée la rejoindre à son casier à l'heure du dîner, Kim n'y était pas. Alors Sophie s'est assise avec d'autres meneuses de claque. Elle s'est toujours poussée un peu pour laisser une place à Kim quand cette dernière arrivait enfin à la cafétéria. Mais chaque fois, Kim est passée tout droit comme si elle ne la voyait pas.

Sophie sait bien que quelque chose ne va pas. Mais Kim ne lui en parle pas et Sophie ne dit rien non plus. Elle ne veut pas en faire toute une histoire.

La fête chez Isabelle doit avoir lieu dans deux jours. Sophie s'est donc rendu compte que, si elle voulait se trouver une tenue, il lui faudrait prendre les choses en main.

— Tu vas faire des courses avec ta mère? C'est super, dit Kim. Elle pourrait peut-être t'amener chez moi après. Tu pourrais souper avec nous. Ma mère essaie de conclure une transaction pour une propriété, ce qui signifie qu'on va probablement commander des mets chinois.

— Je ne peux pas, répond Sophie en soupirant. J'ai pris du retard dans mes devoirs. J'étais tellement fatiguée après les répétitions cette semaine que je n'ai pas eu le temps de tout faire.

— Oh... Alors crois-tu que tu pourrais m'aider demain après l'école? Je vais avoir beaucoup de choses à transporter.

Elles sont arrivées devant la classe d'espagnol de Sophie.

— Bien sûr, répond celle-ci en souriant.

— Qu'est-ce que tu penses de celui-ci? demande la mère de Sophie.

Elle tend un short à sa fille. Une grosse coccinelle en orne chaque poche.

Sophie a une soudaine envie de rentrer sous terre. Cela fait une demi-heure qu'elles font le tour du magasin et, jusqu'à présent, sa mère a réussi à mettre la main sur 20 choses qui auraient été absolument parfaites si Sophie avait eu six ans.

— Il y a des règles à l'école pour le short, rappelle-t-elle à sa mère. *Des règles pour ne pas avoir l'air d'une idiote,* ajoute-t-elle dans sa tête.

Sophie commence à s'inquiéter. Le magasin à rayons va fermer dans une heure et elle n'a pas encore trouvé la tenue parfaite pour la fête chez Isabelle. En plus, elle a une autre course à faire, mais sans sa mère.

— En fait, maman, ça va sûrement me prendre un bon moment ici, dit Sophie. Veux-tu aller au rayon des chaussures? Je peux te rejoindre là-bas.

— Tu en es sûre? Ça va aller? demande Mme Sauvageau dont les yeux se sont mis à pétiller dès que sa fille a mentionné le mot « chaussures ».

En effet, la mère de Sophie adore les chaussures. Elle possède une multitude de paires de flâneurs, de sabots, de sandales et de chaussures plates, dans toutes les nuances excitantes de brun, de noir et de beige. Sophie n'arrive pas à comprendre que quelqu'un puisse avoir une telle collection de chaussures sans une seule paire intéressante.

Aussitôt sa mère partie, Sophie se met à passer rapidement en revue les vêtements sur les présentoirs. Elle s'intéresse quelques instants à un t-shirt avec le dessin stylisé d'un chat, puis le remet en place. Elle examine ensuite une minijupe en denim au rebord effiloché, un débardeur orné de pierres... Mais rien ne semble convenir. Sophie aimerait que Kim soit avec elle. Son amie plongerait ses mains dans le présentoir des articles en solde pour en sortir une tenue époustouflante. Elle est une vraie magicienne du vêtement.

Soudain, en tournant un coin, Sophie aperçoit la

tenue idéale. Un chandail couleur jade, aussi fin que du papier de soie. Il est accroché avec un jean gris foncé, dont la poche arrière est ornée d'un motif brodé.

— Faites que je trouve cet ensemble à ma taille, murmure-t-elle.

Elle le trouve. Le jean lui va comme un gant et le chandail est la chose la plus douce qu'elle ait jamais touchée. C'est l'ensemble idéal pour la fête chez Isabelle.

Lorsqu'elle regarde les prix sur les étiquettes, son cœur fait un petit saut. Le jean coûte près de 100 $. Et le chandail, en cachemire, coûte encore plus cher. Sophie n'a jamais dépensé autant pour quoi que ce soit, de toute sa vie. Payer un tel montant pour un seul ensemble! Et pourtant...

Elle ne prend pas le temps de réfléchir. Son cerveau est vide quand elle se dirige vers la caisse et sort sa carte de crédit. Elle regarde la caissière enregistrer ses achats, sans vraiment la voir.

Aussitôt que les vêtements sont dans le sac, Sophie se sent mieux. C'est fait et elle ne reviendra pas sur sa décision. Il ne lui reste qu'une course à faire.

Les comptoirs de cosmétiques sont situés au premier étage, juste en face du rayon des chaussures pour dames. Sophie se rend au comptoir tout au fond du magasin, loin des chaussures. Elle se place devant l'étalage, attendant que la vendeuse la remarque.

— Puis-je t'aider? demande enfin la femme, qui a les lèvres rouge vif et de l'ombre à paupières argentée.

— Je voudrais du mascara, lui dit Sophie.

— Quelle sorte?

Sophie est perplexe.

— La sorte qu'on met sur les cils.

Les lèvres rouges de la femme se pincent. Sophie se dit que cela doit être sa façon de sourire.

— Qu'est-ce que tu veux qu'il fasse? demande la vendeuse. Qu'il nourrisse? Épaississe? Allonge?

— Oh, je veux qu'il allonge mes cils, s'empresse de répondre Sophie. Et qu'il les épaississe aussi, peut-être.

— Ce produit est offert en six couleurs : noir carbone, noir profond, bleu nuit, brun...

— Noir carbone sera parfait, l'interrompt Sophie.

Elle voudrait que la vendeuse se presse, car sa mère pourrait apparaître d'une minute à l'autre.

La femme prend une boîte allongée sous le comptoir.

— Ce sera 17,12 $.

Sophie avale avec difficulté. Elle sait qu'il aurait été plus économique d'acheter du mascara à la pharmacie. Mais elle n'a pu trouver aucune raison à donner à sa mère pour se rendre à la pharmacie. De toute façon, la vendeuse enregistre déjà la somme de son achat.

Sophie sort sa carte de crédit.

Un moment plus tard, elle rejoint sa mère, qui est assise au rayon des chaussures, entourée de boîtes ouvertes.

— Déjà terminé? demande Mme Sauvageau.

Elle tend les pieds vers Sophie afin d'avoir son opinion. Elle porte un flâneur marron clair à un pied et un brun à l'autre.

— Qu'est-ce que tu en penses? Marron clair ou brun?

Sophie trouve qu'ils sont aussi laids l'un que l'autre.

— Brun, je crois.

— À vrai dire, je crois que je ne devrais rien acheter, dit Mme Sauvageau avec un soupir. Et toi, qu'as-tu acheté? poursuit-elle en apercevant le sac de Sophie.

— Pas grand-chose. Simplement un jean et un chandail.

— C'est tout? s'étonne sa mère. Tout le portrait de ton père. Tellement pratique. Je devrais suivre ton exemple. Je n'ai pas réellement besoin d'une autre paire de chaussures.

Elle dirige de nouveau son attention sur ses pieds, soupire, puis dit au vendeur :

— Je crois que je ne vais rien acheter aujourd'hui.

Elle glisse les pieds dans ses propres chaussures et regarde le vendeur qui referme les boîtes et les emporte. Elle adresse à Sophie un petit sourire de regret.

— Elles étaient trop chères. Je pense qu'on ne devrait pas acheter tout ce qu'on veut tout simplement parce qu'on le veut, n'est-ce pas?

— Non, répond Sophie qui essaie d'avaler, malgré la boule de culpabilité qui lui serre la gorge. Je suis d'accord avec toi.

Sophie cligne des yeux et scrute la foule qui prend place dans les gradins. Elle cherche Joël. Il a assisté à tous les matchs de football jusqu'à maintenant et Sophie se dit qu'il ne manquera sûrement pas cette partie importante contre Nord-Ouest. Mais elle ne l'a pas vu de l'après-midi.

Elle cligne des yeux encore quelques fois. Elle a l'impression que ses cils portent des petits chandails. Juste avant le match, elle s'est rendue dans les toilettes des filles pour s'exercer à mettre du mascara avec Romane et Joanie. Elles ont été impressionnées de voir la marque qu'elle s'est procurée, et Sophie s'est félicitée d'avoir fait un si bon achat. Elle espère que Joël aura l'occasion de la voir avec ses nouveaux cils plus longs et plus épais.

Il faut que j'en parle à Kim, se dit Sophie. *Elle ne*

pensera peut-être pas que le mascara est dégueulasse quand elle verra à quel point ça me va bien.

Kim! Les lourds cils de Sophie s'ouvrent d'un coup. Elle avait dit à Kim qu'elle la rencontrerait dans la salle d'équipement après l'école. Mais elle a commencé à parler de maquillage avec Romane et Joanie, et le rendez-vous lui est complètement sorti de la tête. Il est trop tard maintenant. Les joueurs de football se placent en ligne pour le coup d'envoi et Isabelle indique déjà aux meneuses de claque qu'elles doivent se préparer pour le premier numéro.

Au début, le match est serré. Au premier quart, Nord-Ouest effectue deux touchés, et Méridien, un. Mais au deuxième quart, le botteur de Méridien manque un botté de placement. Le receveur rate deux passes importantes. Nord-Ouest mène donc toujours.

À la mi-temps, Nord-Ouest devance Méridien; le compte est de 24 à 7. Les meneuses de claque sortent leurs meilleurs numéros. Mais, au fur et à mesure que l'équipe prend du retard, les partisans semblent de plus en plus découragés.

— Où est Kim? demandent quelques meneuses de claque à Sophie.

Chaque fois, Sophie hausse les épaules, pendant que son malaise s'accroît. Elle se demande pourquoi Kim avait besoin de son aide dans la salle d'équipement. Est-ce sa faute à elle si Kim n'est pas au match maintenant?

La mi-temps est presque terminée quand Sophie aperçoit Joël, debout sur le bord du terrain. Elle lui fait un signe de la main et fait un pas dans sa direction, avec l'intention d'aller lui demander s'il a vu Kim. Joël semble la regarder, mais il ne répond pas à son salut. L'instant d'après, il tourne le dos et s'éloigne.

Sophie se fige. Se pourrait-il qu'il ne l'ait pas vue?

Au même moment, Kim arrive. Elle porte son costume de mule et transporte quelque chose qui ressemble à un grand carton blanc.

Elle avance jusqu'à ce qu'elle se trouve devant les gradins. Se plaçant face à la foule, elle lève le carton devant elle. Comme Kim a le dos tourné, Sophie ne peut pas voir ce qui est écrit sur l'écriteau. Mais quelques-uns des jeunes qui font face à Kim le lisent à voix haute.

LES RÈGLES DE LA MULE

Kim met l'écriteau de côté. Il y en a un autre derrière.

— RÈGLE NUMÉRO UN, continuent de lire les spectateurs. SOURIEZ.

D'autres personnes regardent maintenant du côté de Kim. Celle-ci laisse tomber le deuxième écriteau et présente le suivant.

— RÈGLE NUMÉRO DEUX : PAS DE DOIGT DANS LE NEZ.

Plusieurs partisans se mettent à rire. Tous continuent

à lire ensemble :

— RÈGLE NUMÉRO TROIS : APPLAUDISSEZ ET…

Kim brandit un autre écriteau.

— ENCOURAGEZ VOTRE ÉQUIPE, CAR ELLE VA GAGNER…

Kim se débarrasse aussi de cet écriteau et lève le dernier.

— C'EST LA MULE QUI VOUS LE DIT, OYÉ! OYÉ! hurlent tous les spectateurs dans les gradins.

Kim jette l'écriteau par terre, pose ses mains sur le sol et exécute une ruade.

Les spectateurs poussent des cris d'enthousiasme. Ils font un tel vacarme que les partisans de l'autre équipe se retournent pour voir à quoi riment tous ces hurlements.

Pendant tout le reste du match, chaque fois qu'un point important doit être marqué, Kim brandit l'écriteau C'EST LA MULE QUI VOUS LE DIT et la foule se met aussitôt à rugir. Quand Méridien fait un touché, Kim exécute une danse folichonne, puis une ruade, et tout le monde hurle : LA MULE!

Les seules personnes qui ne semblent pas apprécier les efforts de Kim sont quelques meneuses de claque. D'après l'expression qu'elle peut lire sur le visage d'Isabelle, Sophie devine que la performance de Kim commence à énerver la capitaine.

L'équipe semble réagir aux cris de la foule. Vers la fin du match, Méridien a réussi à remonter la pente. Le pointage final est de 24 à 21. Nord-Ouest l'emporte donc par trois points seulement.

— Tu as été formidable, Kim! lance Florence après la partie, lorsque les meneuses de claque rassemblent leurs affaires. L'idée des règles de la mule, c'était brillant.

Kim est assise dans les gradins. Elle a retiré la tête de mule et s'évente le visage avec l'un des écriteaux.

— Je suis contente que tu penses ça, dit-elle froidement et d'un ton qui fait douter de sa sincérité.

Sophie aimerait que, pour une fois, Kim essaie d'être plus aimable avec les meneuses de claque. Quelquefois, elle agit comme si elle n'appartenait pas à la même équipe.

— Non, c'est vrai, renchérit Jennifer sans se laisser décontenancer par l'attitude de Kim. Je pense que c'est grâce à toi que l'équipe s'est vraiment ressaisie en entendant tous ces gens crier.

— Elle n'a rien changé, intervient Isabelle en foudroyant Jennifer du regard. Nous avons *perdu*.

Jennifer se fait toute petite.

— Mais l'écart n'était pas très grand, fait remarquer Sara.

Au même moment, Mme Chaîné surgit dans la

pièce.

— Magnifique, Kim! s'écrie-t-elle. C'est *tout à fait* le genre d'énergie et de créativité dont nous avons besoin dans l'équipe. Beau travail! Mais la prochaine fois, sois à l'heure.

— Merci, madame Chaîné, répond gentiment Kim. Je serai à l'heure.

Elle a regardé directement Isabelle en parlant. Isabelle plisse les yeux, puis fait demi-tour et s'éloigne d'une démarche hautaine, Jade, Romane et Joanie sur les talons.

Lorsque les deux amies sont seules, Sophie s'assoit à côté de Kim.

— Euh... quand as-tu fait tous ces écriteaux?

— Hier soir, quand tu faisais des courses avec ta mère, répond Kim en plantant son regard dans celui de Sophie. Joël est venu m'aider. Il m'a aussi aidée à les transporter aujourd'hui, quand tu n'es pas venue me rejoindre à la salle d'équipement.

Sophie rougit.

— Kim, je suis vraiment désolée. Je... J'étais occupée ailleurs.

— Ouais, je constate que tu es très occupée ces jours-ci.

— C'est que...

Sophie veut expliquer qu'être meneuse de claque est bien plus compliqué qu'elle ne l'avait imaginé. Il lui faut saluer les bonnes personnes dans les corridors, porter les bons vêtements et avoir de jolis sourcils. Et quand des filles comme Romane et Joanie veulent sa compagnie, elle ne peut pas refuser. Quelquefois, il est difficile de se rappeler tout ce qu'on est censé faire quand on est meneuse de claque.

Au lieu de tout cela, elle dit :

— C'est comme l'histoire des lettres STAR dont Mme Chaîné parle toujours. Tu sais, le succès scolaire et faire partie de l'équipe et l'entraînement et tout... Je suis débordée.

— As-tu déjà remarqué, réplique lentement Kim, que STAR épelé à l'envers donne RATS?

Sophie la regarde fixement. Soudain, la colère l'envahit. Pourquoi faut-il que Kim grimpe aux rideaux parce qu'une fois, et une fois seulement, elle a manqué son rendez-vous? Et toutes ces fois où Kim s'est endormie sous le nez de Sophie ou n'a pas tenu une promesse, et que Sophie n'a rien dit... Eh bien, maintenant, elle a quelque chose à dire.

— Tu es seulement jalouse parce que j'ai été acceptée dans l'équipe et pas toi, dit-elle à Kim.

Kim recule comme si elle avait reçu une gifle. Sans un mot, elle se lève et commence à rassembler ses choses. Mais elle en a trop à transporter. Quand elle tente de prendre les écriteaux, elle échappe la tête de mule. Elle se penche aussitôt pour la ramasser, mais d'autres écriteaux lui glissent des mains.

Sophie l'observe, remplie de regret. Aussitôt que les mots lui sont sortis de la bouche, elle aurait voulu les rattraper... même si c'était la vérité.

— Je vais t'aider, dit-elle d'un air contrit.

— Je n'ai pas besoin de ton aide, rétorque Kim d'un ton brusque.

Sophie ramasse tout de même les écriteaux. Avec son aide, le matériel est bientôt empilé dans les bras de Kim, qui s'éloigne en s'efforçant de tenir le tout en équilibre.

Après avoir fait quelques pas, Kim s'arrête et se tourne vers son amie :

— Sophie?

— Quoi?

— Tu ferais mieux de te laver les yeux avant que ta mère arrive. Il y en a partout sur ton visage. Tu as l'air d'un raton laveur.

Sophie se passe un doigt sous un œil. Il est tout noir.

— Merci, dit-elle.

Kim hoche la tête et repart. Sophie l'observe. Même en colère, Kim ne l'a pas laissé tomber.

CHAPITRE
dix

La grande maison de briques se dresse loin de la rue, au centre d'une pelouse impeccable. Sophie trouve que, dans la lumière diffuse du crépuscule, elle ressemble à une magnifique île rocheuse flottant sur une mer d'émeraude.

Elle vérifie de nouveau l'adresse sur l'invitation : 2014, rue Champagneur. C'est bien là.

Sophie laisse son père avancer jusqu'à la maison suivante. Quand ils l'atteignent, elle s'écrie :

— C'est ici, papa!

M. Sauvageau arrête la familiale le long du trottoir. Sophie ne veut pas qu'il se gare devant la maison d'Isabelle. La vieille voiture des Sauvageau est sale à côté des rutilants utilitaires sport et berlines qui sont stationnés dans les entrées des maisons voisines.

Normalement, Sophie ne fait pas attention à ce genre de chose. Mais elle a l'impression qu'Isabelle remarque tout.

Sophie se penche vers son père et lui fait un bisou sur la joue.

— Merci, papa.

— Merci, monsieur Sauvageau, répètent Kim et Joël de la banquette arrière.

— Amusez-vous bien, dit M. Sauvageau. Je reviendrai vous chercher à 23 heures.

Les trois amis descendent de la voiture. Sophie salue son père de la main, puis pivote et s'apprête à remonter l'allée de la maison devant eux.

Aussitôt que la voiture s'éloigne, Sophie coupe plutôt par la pelouse pour se diriger vers la maison d'Isabelle.

— Qu'est-ce que tu fais? demande Joël. Je croyais que tu avais dit que c'était celle-ci.

— Je me suis trompée, répond Sophie en lui montrant le carton d'invitation. C'est le 2014, pas le 2016. J'avais mal vu les chiffres dans le noir.

C'est Kim qui a eu l'idée d'inviter Joël à les accompagner. Après leur dispute de l'autre jour, Sophie a dû supplier son amie de venir à la fête. Kim a finalement accepté, mais seulement si Joël venait aussi.

Sophie était tout à fait d'accord. Elle espère que Joël a remarqué à quel point ses nouveaux vêtements lui vont bien. Elle a ajouté un collier en argent avec un pendentif en forme de cœur et, même si la soirée est fraîche, elle a mis ses plus belles sandales, celles qui se lacent aux chevilles. Sophie a décidé de laisser tomber le mascara. Elle ne veut pas avoir le visage tout barbouillé au milieu de la soirée.

Joël et Kim suivent Sophie sur la pelouse. Les arroseurs ont dû être activés plus tôt dans la soirée : Sophie sent que le bas de son jean de 100 $ commence à se détremper.

Lorsqu'ils parviennent enfin à la porte d'entrée, Sophie appuie sur la sonnette. Une fillette aux cheveux noirs comme ceux d'Isabelle vient ouvrir. Elle les dévisage sans dire un mot.

— Allô! dit Kim en se penchant pour lui sourire. Comment t'appelles-tu?

La petite fille lui tire la langue, puis déguerpit. Un instant plus tard, une femme se présente à la porte.

— Je suis désolée, dit-elle. C'était Sabrina. Elle tenait à ouvrir. Je suis Mme Raymond. Entrez, ajoute-t-elle en s'effaçant pour les laisser passer. Les autres invités sont en bas. Suivez le couloir; vous trouverez l'escalier tout au bout.

Le sous-sol a été entièrement converti en une immense salle de séjour. D'un côté de la pièce, un groupe de garçons de deuxième secondaire sont affalés sur des canapés et regardent des vidéoclips sur une télé à écran géant. Les filles sont regroupées de l'autre côté, autour d'un bar encastré. Certaines sont perchées sur des tabourets, d'autres se tiennent debout. Elles grignotent des croustilles et d'autres friandises qu'on a mis dans des bols sur le comptoir.

Romane et Joanie sont là, bien entendu. De même que Jade, qui est encore plus maquillée qu'à l'ordinaire. Les jumelles, avec leurs tresses françaises identiques, sont assises de part et d'autre d'Isabelle. Danika, Jennifer et Laurence se tiennent près d'un bol de croustilles de maïs et ont l'air ravies d'être là. Sara et Florence sont les seules meneuses de claque qui manquent.

Les filles lèvent toutes la tête quand Sophie, Kim et Joël font leur entrée. Sophie voit Romane se pencher vers Jade pour lui chuchoter quelque chose à l'oreille. Jade sourit d'un air supérieur.

Isabelle, assise sur un tabouret, sirote une boisson gazeuse avec une paille et regarde Sophie s'approcher d'elle.

— Salut, les filles! lance Sophie aux meneuses de claque. Salut, Isabelle.

— Salut, La Puce, laisse tomber froidement Isabelle. Je suis contente que tu sois venue.

Elle jette un œil par-dessus l'épaule de Sophie, en direction de Kim et Joël.

— On dirait que tu as emmené la mule et son cortège,

114

ajoute-t-elle.

Quelques meneuses de claque se mettent à ricaner. Sophie hésite. Lorsque les meneuses de claque reprennent leur conversation, elle prend Kim et Joël à part.

— Tu devrais peut-être aller t'asseoir avec les gars, suggère-t-elle à Joël à voix basse.

Joël tourne les yeux vers les garçons; ce sont tous des joueurs de football de deuxième secondaire.

— Je n'en connais aucun, dit-il.

Sophie commence à se sentir nerveuse. Elle voudrait parler avec Joël, mais il n'est pas vraiment à sa place parmi les meneuses de claque.

— Alors, que vas-tu faire d'autre? souffle-t-elle. Tu ne peux pas rester avec les filles et bavarder.

Joël la regarde d'un drôle d'air. Elle regrette immédiatement de s'être exprimée ainsi.

— Je pense qu'on devrait s'éclipser, répond-il

— Mais on vient d'arriver! proteste Sophie.

— Je suis d'accord avec Joël, dit Kim. Je sens des ondes négatives.

— Tu ne peux pas partir tout de suite, Kim. Charles Laurendeau est ici.

Sophie montre du doigt un canapé sur lequel est étendu Charles, les yeux rivés à la télévision. Kim jette un coup d'œil furtif dans sa direction.

— Je ne l'aime plus, déclare-t-elle. Je ne comprends

pas pourquoi je l'aimais avant. Il n'est qu'un sportif abruti.

Sophie la regarde, étonnée. Depuis quand Kim a-t-elle cessé de s'intéresser à Charles?

— On ne peut pas partir maintenant, ce serait impoli, soutient-elle. Et puis, mon père revient seulement à 23 heures.

— Nous n'avons pas besoin d'attendre ton père, réplique Kim. Nous pouvons nous rendre à pied jusqu'à l'Esplanade et appeler un de nos parents pour qu'il vienne nous chercher.

L'Esplanade est un centre commercial extérieur qui comporte des boutiques haut de gamme et un restaurant chic. Il se trouve à un kilomètre à peine de chez Isabelle. Mais Sophie n'a pas l'intention de partir. Elle a attendu cette fête toute la semaine. Et Isabelle va penser qu'elle est bizarre si elle part cinq minutes après être arrivée. Alors, elle dit à ses amis la pire chose qu'elle aurait pu dire pour les inciter à rester.

— Vous êtes des lâcheurs.

Joël regarde Sophie sans dire un mot.

— Viens, Kim, dit-il enfin.

Une minute plus tard, tous deux disparaissent en haut de l'escalier. Sophie retourne auprès des meneuses de claque.

— Où sont tes amis? demande Isabelle.

— Ils devaient partir.

116

— Dommage, réplique Isabelle. Kim a probablement décidé de partir rien que pour se faire remarquer. Elle veut que tout le monde s'ennuie d'elle.

— Bou-hou, fait Jade, sarcastique.

— Alors, La Puce, est-ce que la mule est ta meilleure amie? s'enquiert Isabelle.

— Pourquoi? demande Sophie, prudente.

— Seulement pour savoir. Je pense qu'elle a l'air stupide pendant les matchs, quand elle danse et gâche nos numéros. À cause d'elle, on fait mauvaise impression.

— Vraiment? dit Sophie. Mais n'est-ce pas ce qu'elle est censée faire?

— L'année dernière, la mascotte courait dans tous les sens et encourageait les spectateurs à faire des vagues et des choses comme ça. C'était un gars. Je pense que c'est un peu bizarre pour une fille d'être une mascotte, tu ne trouves pas?

— Peut-être.

Sophie ne voit pas quelle différence cela peut faire qu'il y ait un garçon ou une fille dans le costume puisque, de toute façon, personne ne peut voir qui c'est. Mais elle ne le dira certainement pas à Isabelle.

Sophie prend une poignée de grignotines tout en écoutant distraitement les commérages des autres filles sur les garçons de l'école. Elle ne peut pas s'empêcher de penser au regard que Joël lui a lancé juste avant de partir, comme s'il avait pris une décision la concernant. Elle regrette presque de ne pas être partie avec Kim et lui.

Mais je suis ici, se dit-elle, *alors autant en profiter.* Elle tente de prêter attention à la conversation.

Les filles sont en train d'admirer le bracelet d'Isabelle.

— J'ai toujours voulu avoir un bracelet à breloques comme ça! s'exclame Laurence.

— Mégafrissons, fait Sophie en approuvant d'un signe de tête.

Isabelle pose les yeux sur Sophie.

— Quoi?

— Mégafrissons, répète Sophie en se rendant compte soudain que tout le monde la regarde. Vous comprenez, quand quelque chose est tellement génial que ça vous donne des frissons tout le long de la colonne.

— Tu es si mignonne, La Puce, dit Isabelle.

Puis elle se tourne vers les garçons pour voir ce qu'ils font.

— Ces gars sont trop nuls, lâche-t-elle.

Elle prend un bol de bâtonnets au fromage et se lève. Les filles la regardent se diriger vers Xavier, affalé sur un canapé, et lui renverser le bol sur la tête.

Xavier pousse un cri. Il allonge le bras, attrape un bol de croustilles sur la table et lance le contenu au visage d'Isabelle.

Soudain, comme si la digue invisible les séparant avait explosé, les filles et les garçons se mélangent. Les filles prennent des bols de munitions au bar et se mettent à bombarder les garçons de croustilles, bonbons et bretzels. Les garçons en ramassent à pleines poignées et les relancent. Et tout le monde marche sur les grignotines parsemant le tapis.

Sophie est restée près du bar. Elle ne se voit pas participer à cette bataille. Elle ne veut pas non plus que des bâtonnets au fromage soient écrasés sur son nouveau chandail de cachemire.

Nicolas, qui est un des gars les plus costauds de l'équipe, met accidentellement le pied sur la télécommande et la brise. Au grand étonnement de Sophie, Isabelle éclate de rire. Les parents de Sophie seraient furieux si ses amis mettaient la maison sens dessus dessous et brisaient des choses, mais Isabelle ne semble pas s'en soucier le moins du monde.

Au bout d'un moment, Charles Laurendeau, qui était resté assis tranquillement sur le canapé, se fraie un passage dans la mêlée, puis se dirige vers le bar et sort une cannette de boisson gazeuse du réfrigérateur. Ensuite, il prend une poignée de croustilles de maïs dans un des bols qui restent sur le comptoir.

Sophie prend aussi une croustille. Ils restent côte à côte à regarder les autres, tout en grignotant. Sophie essaie de trouver quelque chose à dire.

— Ce serait bien s'il y avait une trempette, dit Charles après quelque temps.

Sophie lui lance un regard interrogateur.

— Pour aller avec les croustilles, tu comprends?

— Tu devrais essayer les croustilles de pomme de terre, lui dit Sophie. Elles ont, euh... un goût de trempette.

Un goût de trempette? Pourquoi a-t-elle dit une telle idiotie? On dirait des paroles qui sortent tout droit d'une publicité nulle à la télé.

Charles prend une croustille de pomme de terre et croque dedans.

— Oui, un goût de trempette, confirme-t-il.

Sophie parvient enfin à trouver quelque chose à dire.

— Alors, le football, comment ça va?

Pas très brillant, se dit-elle, *mais mieux que « goût de trempette ».*

— Ça va, répond Charles.

Puis une pause.

— Et les meneuses de claque, comment ça va? ajoute-t-il.

— Ça claque.

Charles éclate de rire. Le niveau de confiance de Sophie grimpe un peu.

— Alors, qu'est-ce que tu fais toute seule dans ton coin? demande Charles.

— Et toi? rétorque Sophie

Charles jette un œil à la bataille de nourriture.

— Je ne sais pas. C'est plus tranquille, je suppose.

— Ouais.

Sophie commence à se rendre compte que Charles n'est pas aussi prétentieux qu'elle le pensait. Il est tout simplement timide, comme elle.

— Je vous ai vues répéter sur le terrain, reprend Charles. Tu es pas mal forte pour quelqu'un de si mince.

— Merci, répond Sophie.

— Oui vraiment, poursuit Charles. Je t'ai vue faire des sauts de main arrière et d'autres trucs de ce genre. Où as-tu appris à faire ça?

— J'ai commencé à faire de la gymnastique en première année, lui raconte Sophie, et puis j'ai continué. J'ai abandonné l'année dernière seulement.

— Pourquoi?

Sophie hausse les épaules.

— Mon entraîneur m'a fait remarquer que si je voulais continuer, il fallait que je prenne ça au sérieux. Ce qui veut dire des entraînements de quatre heures par jour, les championnats nationaux et tout. J'ai décidé que c'était trop pour moi. Je voulais être une fille normale.

— Ouais, répond Charles. Je comprends. Moi, j'adore le football et tout, mais quelquefois, quand il fait vraiment chaud et que l'entraîneur nous fait faire des sprints jusqu'à en vomir, je me dis que je pourrais être à l'intérieur à jouer à des jeux vidéo.

Sophie se met à rire. Ils continuent à manger des croustilles et à parler de sport et d'école. Sophie est surprise de constater que Charles est drôle et sympathique. En fait, il est plus facile de parler avec lui qu'avec Isabelle et certaines autres meneuses de claque.

Il faudra qu'elle dise à Kim qu'il n'est pas du tout un sportif abruti. *C'est une bonne chose que je sois restée à la fête,* se dit Sophie, *sinon, Kim ne l'aurait peut-être jamais su.*

Au bout d'un certain temps, Jade se dirige vers eux. Elle porte tellement de brillant à lèvres que sa bouche a l'air d'avoir été traitée à la gomme-laque.

— Qu'est-ce que tu fais si loin, Charles? demande-t-elle avec une moue lustrée. Tu devrais te joindre à nous.

Elle lui saisit les mains et tente de le tirer du tabouret sur lequel il est assis.

— Non, merci, dit-il d'un ton aimable en retirant ses mains. Je suis bien ici.

Jade est surprise. Son regard quitte Charles pour se poser sur Sophie. Elle plisse les yeux. Puis, après avoir rejeté en arrière ses cheveux couleur citrouille, elle rejoint le reste du groupe.

* * *

Plus tard, dans son lit, Sophie repasse les événements de la soirée dans sa tête. Quand le calme est revenu, après la bataille de bâtonnets au fromage, Isabelle a organisé une partie de « Vérité ou conséquence ». Elle a défié Xavier d'appeler Ariane Martin, une fille timide de leur classe, pour lui annoncer qu'il était amoureux d'elle. Xavier a d'abord composé le numéro qui allait empêcher les Martin de voir sur leur afficheur le numéro d'Isabelle, mais Ariane n'était pas chez elle. Ensuite, Xavier a défié Nicolas de gober un œuf cru qu'Isabelle s'est empressée d'aller chercher dans le réfrigérateur en haut. Après s'être exécuté, Nicolas, le teint un peu vert, a défié Romane d'embrasser Charles. Romane a dit qu'elle ne pouvait pas parce qu'elle avait un rhume. Même si personne ne l'a crue, on ne l'a pas forcée à le faire. Quand le tour de Sophie est venu, celle-ci a choisi « vérité » et quand Danika lui a demandé combien de garçons elle avait embrassés, elle a menti et répondu un.

Après y avoir bien réfléchi, Sophie se dit que la soirée a été l'une des plus belles de sa vie. Elle a vraiment hâte de tout raconter à Kim.

CHAPITRE
onze

Le lundi suivant, Sophie essaie de se concentrer pendant son cours de mathématiques. Docilement, elle copie dans son cahier le problème que l'enseignante écrit sur le tableau. Mais ce sont Kim et Joël qui occupent toutes ses pensées.

Lorsque Sophie a appelé Kim, le dimanche, pour lui décrire la fête, c'est à peine si Kim l'a écoutée. Même lorsqu'elle a mentionné Charles, Kim a simplement fait « Hum ». Ensuite, Kim s'est lancée dans une description de sa soirée avec Joël.

Lorsqu'ils sont arrivés à l'Esplanade, ils n'ont pas appelé leurs parents tout de suite, a-t-elle raconté à Sophie. À la place, ils se sont promenés, ont mangé de la crème glacée et fait le tour des boutiques. C'est alors qu'ils ont remarqué le couple de nouveaux mariés qu'on photographiait devant le restaurant chic. Kim et Joël ont passé le reste de la soirée à rôder dans les parages en essayant de voir dans combien de photos ils pourraient se glisser.

— Les mariés étaient en train de se faire photographier, a dit Kim au téléphone en s'étouffant de rire, et Joël se tenait à l'arrière, en faisant semblant de se fouiller dans le nez.

Sophie a ri quand Kim lui a raconté ça. Aujourd'hui, lorsque Kim et Joël ont ressassé leur soirée pendant le dîner, elle a fait semblant de trouver ça drôle.

Le lendemain, lorsqu'ils se mettent de nouveau à parler de leur soirée, Sophie commence à les trouver pénibles.

Ce n'est pas si drôle que ça, fulmine-t-elle tandis qu'elle copie les notes d'histoire du tableau. En fait, à bien y penser, c'est plutôt immature. Que se passera-t-il lorsque les pauvres nouveaux mariés recevront leurs photos et apercevront Joël à l'arrière-plan, le doigt dans le nez?

Mais Sophie ne s'inquiète pas vraiment de la réaction des nouveaux mariés. Ce qui la tracasse vraiment, c'est que Kim et Joël ont eu tant de plaisir ensemble. Sans elle.

Est-ce que Joël aime Kim? Est-ce que Kim aime Joël?

Elle ne le croit pas. Kim est sa meilleure amie. Elle lui en aurait parlé si elle s'intéressait à Joël.

À bien y penser, se dit Sophie, mal à l'aise, *moi, je n'ai pas dit à Kim que j'aimais Joël.*

Tandis qu'elle rumine, Sophie sent que quelqu'un lui touche le coude. Elle se retourne et voit que Mélissa, sa voisine de classe, lui tend un message. Mélissa roule les yeux en indiquant le fond de la classe. Joanie, assise dans la dernière rangée, regarde Sophie avec insistance.

Un message de Joanie! Soudain, Sophie se sent mieux. Elle n'a pas besoin de Kim ni de Joël. Elle compte une des filles les plus populaires de première secondaire parmi ses amis.

Elle jette un coup d'œil rapide vers l'enseignante afin de s'assurer qu'elle ne regarde pas, puis déplie le message. Joanie a écrit :

Sophie, est-ce que tu ♥ Charles Laurendeau? Réponds vite. Joanie

Quoi? Sophie se retourne et regarde Joanie d'un air ahuri. Joanie lui fait signe de répondre à son message.

NON!!! écrit Sophie. Elle souligne le mot quatre fois. Puis, elle ajoute : *Qui t'a dit ça? Réponds vite. Sophie*

Elle replie le message et le repasse à Mélissa, qui le passe au garçon derrière elle, qui, lui, le passe à Joanie.

Les pensées de Sophie bouillonnent tandis qu'elle attend la réponse de Joanie. Est-ce que tout le monde parle d'elle et de Charles? Qu'est-ce qu'ils disent?

Un moment plus tard, le papier lui revient.

C'est évident. Tout le monde t'a vue flirter avec lui à la fête chez Isabelle. Joanie a dessiné une série de petits cœurs autour du mot « flirter ».

Sophie hésite. A-t-elle flirté avec Charles? Elle ne le croit pas. Comment peut-on flirter avec quelqu'un à qui on ne s'intéresse même pas? Par ailleurs, Sophie ne connaît pas grand-chose à tout ça. Est-il possible qu'elle ait flirté sans s'en rendre compte?

Finalement, elle écrit : *Nous sommes seulement amis. Je ne l'aime pas.*

Parfait, répond Joanie. *En passant, tout le monde est invité à aller chez Jade pour se préparer avant la danse de l'Halloween. Un rendez-vous à ne pas manquer.*

La danse de l'Halloween a lieu dans deux semaines. Kim en parle pratiquement depuis l'année dernière. Elle ne veut révéler son costume à personne, pas même à Sophie.

Sophie et Kim se sont toujours préparées ensemble pour l'Halloween. *Mais,* comme le dit Joanie, *la soirée chez Jade est un rendez-vous à ne pas manquer.* Tout le monde y sera.

Sophie plie le message et le glisse dans sa poche. Elle veut y réfléchir encore. Il va falloir qu'elle décide ce qu'elle va faire.

* * *

127

Finalement, elle n'a pas à prendre de décision. Chaque jour, à l'entraînement, Sophie attend que Jade mentionne le rendez-vous chez elle. Mais Jade ne lui en parle pas.

Sophie en vient à la conclusion que la réception a été annulée. C'est mieux ainsi. Elle n'a plus besoin de trouver une excuse pour expliquer pourquoi elle ne peut pas y aller.

Le soir de la danse, les deux amies se préparent chez Kim.

— Qu'en penses-tu? demande Kim, en se détournant du miroir.

Elle porte une jupe froissée, du rouge à lèvres et un énorme panier de fruits en plastique sur la tête, retenu au moyen d'une écharpe.

— Tu ressembles à un des paniers-cadeaux que mon père reçoit à son travail, à Noël, lui répond Sophie.

— Je suis Carmen Miranda, explique Kim.

Carmen Miranda est une de ses actrices préférées de l'époque des films en noir et blanc.

— Je le sais, dit Sophie, mais je ne crois pas que les autres le sauront. Carmen Miranda ne portait pas de panier de fruits sur la tête. Seulement des fruits. En plus, elle a vécu il y a un million d'années.

Kim se tourne vers le miroir et s'examine. Elle va fouiller dans le placard et en revient avec un ruban rouge défraîchi qu'elle noue à la poignée du panier.

— Voilà. Maintenant, je suis un panier-cadeau.

Sophie tripote son bonnet. À la dernière minute, elle a décidé qu'elle serait un M&M vert. Elle porte donc un bonnet vert et un chandail vert à manches longues, sur lequel elle a tracé les lettres M&M. C'est le style de costume qu'aime porter Sophie. Subtil, mais bien pensé.

La danse a lieu dans la cafétéria de l'école, une pièce au plafond bas, aux murs percés de petites fenêtres et au plancher gris crasseux. Le comité de danse a fait de son mieux pour créer un peu d'ambiance en accrochant un peu partout des banderoles de papier crêpe orange et noir, et en disposant des seaux fumants de glace sèche autour de la pièce. De la musique sort d'énormes haut-parleurs installés dans les coins.

Plusieurs élèves se retournent à l'arrivée de Sophie et de Kim. Quelques-uns se mettent à rire en voyant le costume de Kim. Elle se tient la tête bien haute et sourit comme une reine.

Les deux amies décident de faire le tour de la pièce pour chercher les gens qu'elles connaissent. À mi-chemin, Sophie aperçoit Sara et Florence habillées à la mode disco et coiffées de perruques rose fluo. Elles sont en compagnie de quelques membres du conseil des étudiants. Sophie se dirige vers leur groupe.

—Salut! crient Sara et Florence pour se faire entendre

malgré la musique.

— Allô! dit Sophie. Vous vous amusez?

— Ouais! s'exclame Sara. La musique est géniale!

— Où sont les autres? demande Sophie.

Sara et Florence haussent les épaules et secouent la tête. Elles n'ont vu aucune autre meneuse de claque.

Sophie leur fait un signe de la main et court rattraper Kim. Elles repèrent Joël, debout dans un coin près de la porte, en compagnie de quelques membres de l'équipe de football. Il s'est enroulé des pieds à la tête de bandages pour ressembler à une momie.

— Laisse-moi deviner, dit-il en apercevant Kim. Carmen Miranda.

— Bingo! s'exclame Sophie. Comment le savais-tu?

— J'aime les vieux films, répond Joël en haussant les épaules.

— Tu te trompes, dit Kim en montrant la boucle. Je suis un panier-cadeau. C'était l'idée de Sophie, ajoute-t-elle quand Joël éclate de rire.

— Bonne idée, dit-il à Sophie, qui rougit. Et toi, qu'est-ce que tu es? poursuit-il en regardant son chandail et son bonnet verts. Verte de jalousie?

— Un M&M vert.

— Oh, dit Joël. Bien sûr.

Cette fois, il ne rit pas.

Une musique au rythme lent se fait entendre. Autour d'eux, filles et garçons commencent à former des

130

couples. Un des joueurs de football vient inviter Kim à danser, et tous deux se dirigent vers la piste.

Sophie regarde droit devant elle. Elle a peur de regarder Joël. Elle ne veut pas qu'il croie qu'elle attend une invitation à danser.

Trouve quelque chose à dire, se dit-elle. *Quelque chose de drôle.* Plus elle cherche, plus son cerveau est paralysé. La musique assourdissante semble se mêler au son que fait son sang en lui battant les tempes.

Elle se concentre tellement qu'elle ne remarque pas, tout d'abord, que Joël s'est tourné vers elle pour lui dire quelque chose. Sophie se penche vers lui.

— Quoi? crie-t-elle.

Au même moment, les portes près d'eux s'ouvrent en claquant. Joël et Sophie se retournent. Isabelle et Jade entrent dans la pièce à grandes enjambées, suivies du reste des meneuses de claque. Elles sont toutes habillées en cowgirls. Elles portent soit un jean coupé soit une jupe en denim, ainsi qu'une chemise à carreaux et des bottes. Le mot MULETIER est inscrit sur leur chapeau de cowboy.

Sophie regarde, l'air hébété. De toute évidence, elles se sont habillées ensemble. Alors il y a eu une rencontre chez Jade. Et elle n'a pas été invitée. Elle en a l'estomac noué.

C'est alors qu'Isabelle l'aperçoit. Elle se précipite vers Sophie et lui met les bras autour du cou.

— Allô, La Puce! crie-t-elle à tue-tête. Viens avec nous.

Avant que Sophie puisse dire quoi que ce soit à Joël, Isabelle l'entraîne avec elle.

— Salut, Sophie! lancent les autres meneuses de claques en la voyant.

Jade croise les bras. Sous ses cils lourds de mascara, ses yeux scrutent Sophie.

— Qu'est-ce que tu es? demande-t-elle. Une schtroumpfette verte?

— Non, euh... je suis un M&M vert.

— Tu es tellement mignonne, La Puce, dit Isabelle.

— Alors, vous vous êtes toutes habillées ensemble? demande Sophie en s'efforçant d'avoir l'air décontracté.

— Ouais, nous sommes allées chez Jade, répond Isabelle. Je me demandais pourquoi tu n'y étais pas.

— Personne... Je veux dire, je n'ai pas... Je ne savais pas si je devais y aller.

— Oh? fait Isabelle en soulevant les sourcils. Jade ne t'en a pas parlé? poursuit-elle en se tournant vers Jade.

Jade sourit. Un vrai sourire de crocodile, se dit Sophie.

— Je pense que j'ai oublié de le mentionner, réplique-t-elle avec un haussement d'épaules.

Isabelle passe un bras autour des épaules de Sophie.

— C'était une erreur de notre part, La Puce.

Elle a l'air sincèrement désolée. Sophie regarde les autres meneuses de claques. Danika et Jennifer lui lancent un regard de sympathie. Jade a peut-être réellement oublié de lui en parler, se dit Sophie. Il s'agit peut-être vraiment d'une erreur.

La chanson prend fin et une autre plus rythmée commence.

— Viens! lance Isabelle. Allons danser!

Le bras toujours autour des épaules de Sophie, elle se dirige vers la piste, entraînant Sophie. Pendant une fraction de seconde, Sophie entrevoit Joël qui l'observe. Elle tente de lui indiquer qu'elle est désolée, mais le reste des meneuses de claque qui se rassemblent viennent lui bloquer la vue. Elles se passent les bras autour des épaules pour former un grand cercle.

Les meneuses de claque dansent ainsi pendant plusieurs chansons. Elles sautent et chantent les paroles. Sophie remarque les regards d'envie d'autres jeunes dans la cafétéria. Elle est certaine qu'ils aimeraient aussi faire partie du cercle.

Au bout d'un certain temps, on met une autre chanson lente. Le cercle se défait. Quelques joueurs de football qui se tenaient non loin invitent des filles à danser. Laurence, Danika et les jumelles sortent dans le corridor pour aller boire de l'eau. Sophie décide d'aller à la recherche de Kim et Joël.

Elle commence tout juste à faire le tour de la cafétéria quand elle rencontre Charles. Il porte un sombrero et un poncho.

— Salut, Sophie, dit-il. Tu es venue. Alors en quoi es-tu déguisée?

— Je suis un M&M vert, répond-elle sans grand enthousiasme.

— C'est super! lance Charles en riant.

— Et toi? demande Sophie à son tour.

Charles hausse les épaules.

— Euh... un gars avec un sombrero? Aucune idée. J'ai trouvé ça dans la chambre de mon frère aîné. Les costumes, ce n'est pas mon fort.

— Moi non plus, confesse Sophie.

— Tu veux danser?

— D'accord.

Ils gagnent la piste de danse. Charles place ses mains sur la taille de Sophie tandis qu'elle pose les siennes sur ses épaules. Ils se balancent d'un pied sur l'autre, au rythme de la musique.

Ce n'est pas la première fois que Sophie danse avec un garçon, mais jamais il ne lui est arrivé d'avoir un partenaire aussi grand que Charles. Elle a le nez au milieu de sa poitrine. Quand il expire, elle peut sentir sa respiration sur sa tête.

Voilà que Sophie Sauvageau, une ex-anonyme, danse avec le garçon le plus populaire de l'école. *Ça devrait être le clou de mon année,* se dit Sophie. Mais bien qu'elle danse avec Charles, elle pense à Joël. Charles est mignon et adorable, mais bon, il n'y a personne comme Joël Léon.

Et si Joël était en train de danser avec quelqu'un d'autre? La pensée lui met l'estomac à l'envers. Elle se met à scruter discrètement la pièce. Elle aperçoit bientôt Joël de l'autre côté de la cafétéria. Il est avec Kim, mais ils ne dansent pas. Ils l'observent. Kim a l'air stupéfaite.

Elle croit que je suis avec Charles! se dit Sophie. Elle tente, avec ses yeux, de lui indiquer qu'il s'agit d'un malentendu. Mais Charles la fait pivoter lentement avant qu'elle puisse rencontrer le regard de Kim. Sophie jette un coup d'œil par-dessus son épaule, mais son regard croise plutôt celui de Jade. Et Jade lui sourit d'une manière qui lui donne froid dans le dos.

Au grand soulagement de Sophie, la musique prend fin. Charles et Sophie se séparent.

— Merci, dit-il.

— Merci, répond-elle distraitement.

Sophie cherche Jade des yeux et l'aperçoit finalement qui parle avec Isabelle. Au même moment, les deux filles se tournent vers elle.

Soudain, Sophie est plus anxieuse que jamais à l'idée de trouver Kim. Elle veut lui expliquer que Charles et elle ne sont que des amis, juste au cas où Kim aurait mal compris. Elle fait le tour de la cafétéria une fois, scrutant la foule. Puis elle refait le tour. La troisième fois, elle se rend compte que Kim et Joël sont partis.

Sophie va retrouver les meneuses de claque. Elles dansent de nouveau en cercle, les bras bien accrochés aux épaules les unes des autres. Sophie danse un peu à l'extérieur du groupe, attendant qu'on lui fasse une place. Mais personne ne semble la remarquer. Finalement, elle abandonne et va se placer le long du mur pour regarder les autres danser.

Partout dans la cafétéria, les jeunes dansent ensemble en petits noyaux. Sophie n'en connaît aucun assez bien pour s'y intégrer. Elle espère que Kim et Joël sont sortis seulement pour prendre une bouffée d'air frais. Au bout d'une demi-heure, elle doit admettre qu'ils ne reviendront pas.

Avec un soupir, elle plonge la main dans sa poche à la recherche d'un peu de monnaie, puis elle se rend au téléphone public dans le corridor et donne un coup de fil à sa mère pour qu'elle vienne la chercher.

CHAPITRE

douze

Kim ne parle plus à Sophie.

Lorsque Sophie a appelé chez elle, le samedi matin, Mme Lavoie a dit que Kim n'était pas là. Mais Sophie est presque certaine d'avoir entendu la voix de son amie. Elle a encore téléphoné le samedi après-midi et le dimanche. Dimanche soir, Kim ne l'avait toujours pas rappelée.

Sophie ne comprend pas pourquoi Kim ne veut plus lui parler. Le lundi, elle l'intercepte devant son casier et l'aborde. Pour toute réponse, Kim secoue sa chevelure et dit :

— Pourquoi ne le demandes-tu pas à tes amies meneuses de claque?

Mais Sophie ne peut pas le demander à ses amies

meneuses de claque, parce que ces dernières ne lui parlent pas non plus. Pendant la répétition, ce jour-là, lorsque Sophie pose une question à propos d'un mouvement, Isabelle se tourne vers Jade.

— As-tu entendu quelque chose? lui demande-t-elle.

Sophie répète sa question, mais personne ne répond. Les autres ne la regardent même pas. Le reste de la journée, toutes les fois que Sophie essaie de parler, Isabelle ou Jade se met à parler pour couvrir sa voix, comme si Sophie n'était rien de plus qu'une mouche irritante, un bruit de fond agaçant.

Bientôt, les jumelles se mettent de la partie. Le mardi, Sophie n'a qu'à dire allô pour qu'elles se mettent à rire de manière hystérique. Joanie et Romane font semblant de ne pas la voir dans les corridors. Danika, Jennifer et Laurence ne lui laissent pas de place à leur table au dîner. Quand elles ne peuvent pas l'éviter, elles font comme si elle n'était pas là.

Le mercredi, Sophie réussit à coincer Jennifer dans les toilettes et lui demande ce qui se passe.

— Je ne suis pas tout à fait sûre, répond Jennifer en surveillant la porte, comme si elle craignait qu'Isabelle fasse irruption d'une minute à l'autre. Mais les jumelles ont dit à Danika qu'elles avaient entendu Jade raconter à Isabelle que tu n'avais pas lâché Charles de la soirée, à la danse. Charles est l'ancien petit ami d'Isabelle, tu comprends? Ils sont sortis ensemble pendant trois semaines l'année dernière.

— Je ne le savais pas, dit Sophie, mais je ne m'accrochais pas à Charles, je le jure. Il ne m'intéresse même pas!

Jennifer hausse les épaules et sort précipitamment de la pièce. Sophie se demande pourquoi Joanie ne l'a pas soutenue, car elle sait que Sophie n'aime pas Charles; Sophie le lui a écrit pendant le cours de mathématiques. Alors pourquoi Joanie est-elle méchante avec elle?

Et est-ce pour cette raison que Kim est en colère aussi? Parce qu'elle croit que Sophie aime Charles?

Sophie aimerait bien poser toutes ces questions à quelqu'un, mais à qui? Pas à Joël, qui ne l'a même pas regardée depuis la danse. Pas à Danika ni à Jennifer, puisqu'elles ne lui adressent plus la parole depuis une semaine. La crainte que leur inspire Isabelle semble l'emporter sur leur gentillesse naturelle. Depuis l'interrogatoire de Sophie dans les toilettes, elles font tout pour l'éviter.

Même les parents de Sophie sont muets ces derniers temps. Ils en ont eu long à dire quand ils ont reçu le dernier relevé de carte de crédit, lequel est arrivé le lundi après la danse. Son père, le visage rouge, lui a fait, d'une voix très forte, un sermon sur la responsabilité et les habitudes dépensières. Sa mère, qui semblait surtout alarmée par la somme que Sophie avait déboursée pour du mascara, est intervenue avec quelques larmes et quelques commentaires sur la confiance brisée. Leur discours a été tellement long qu'à la fin, ils avaient l'air aussi épuisés et malheureux que Sophie, eux qui n'ont pas l'habitude de sermonner. Mais après lui avoir confisqué sa carte de crédit et interdit d'utiliser le téléphone, ils se sont murés dans le silence. Sophie aurait presque préféré qu'ils recommencent à la réprimander.

Le côté positif dans tout ça, se dit Sophie (puisqu'elle ne peut le dire à personne d'autre), c'est qu'être punie n'est pas si terrible que cela. De toute façon, elle n'a personne avec qui sortir.

La seule personne qui parle encore à Sophie, c'est Charles. Chaque jour, près des casiers, il lui lance un « Allô, Sophie! » plein d'entrain. Il ne semble pas se rendre compte du drame qui se déroule autour d'eux. Et Sophie, déterminée à ne pas perdre le seul ami qu'il lui reste au monde, répond à son salut et essaie de ne pas prêter attention aux regards venimeux que lui lancent les amies d'Isabelle qui l'entendent.

Un jour, au détour d'un corridor, Sophie entre presque en collision avec Kim. Sophie porte le jean bleu foncé au dragon brodé. Kim aussi. Pendant un instant, les deux filles se regardent fixement.

— Kim... commence Sophie.

Mais avant qu'elle puisse ajouter quoi que ce soit, Kim tourne les talons. Lorsque Sophie la voit plus tard la même journée, Kim s'est changée et porte le pantalon d'athlétisme qu'elle met habituellement pour les répétitions.

Kim n'est pas seulement en colère, constate Sophie, estomaquée. Elle ne veut plus en entendre parler.

Après deux semaines de ce silence, Sophie est sur le point d'exploser. Les larmes sont constamment sur le point de jaillir. Puis, un jour, au cours d'un entraînement, Sophie tombe pendant un porté et heurte durement le sol. Et là, les larmes se mettent à couler.

Mme Chaîné se tient au-dessus de Sophie, les mains sur les hanches, les sourcils froncés par l'inquiétude.

— T'es-tu fait mal? demande-t-elle de son ton brusque.

Sophie secoue la tête. Elle pleure trop pour pouvoir dire quoi que ce soit.

— Relève-toi et marche un peu. Ça va passer.

Sophie se lève, chancelante, en pleurant toujours. Mme Chaîné scrute son visage pendant une seconde.

— Fais le tour du terrain, dit-elle à Sophie.

Puis d'une voix plus douce, elle ajoute :

— Marche, ne cours pas. Va respirer un peu.

Toutes les autres filles observent la scène. Sophie entend Isabelle et Jade ricaner au moment où elle commence à marcher. « Arrête de pleurer », murmure-t-elle, fâchée contre elle-même. Mais les larmes accumulées depuis des jours jaillissent en un flot continu.

Elle a enfin réussi à les contrôler quand elle entend des pas marteler le sol derrière elle.

— Est-ce que ça va?

C'est Sara. Elle ralentit et se met à marcher à côté de Sophie. Celle-ci hoche la tête.

— Je suis désolée de ne pas t'avoir attrapée.

— Ce n'est pas ta faute.

En effet, ce n'était pas la faute de Sara. Elles s'exerçaient à faire un appui sur épaules. Sophie doit se tenir debout, les pieds sur les épaules de Jennifer. Pour réussir la figure, Sophie doit bloquer les jambes et contracter les muscles, mais elle les a relâchés trop tôt et a culbuté vers l'avant. Il aurait été impossible pour Sara, qui se tenait derrière, de l'attraper.

Les deux filles marchent en silence pendant un moment.

— Alors, qu'est-ce qui ne va pas? demande Sara.

— Qu'est-ce que tu veux dire? dit Sophie en reniflant.

— Le rallye énergie est la semaine prochaine. Tous les autres groupes de l'équipe réussissent leur appui sur épaules, mais tu n'y es pas encore arrivée.

Les appuis sur épaules formeront la finale du grand enchaînement des meneuses de claque au rallye. Les trois voltiges doivent se trouver en appui sur épaules. Si Sophie n'y parvient pas, le numéro sera gâché.

— Tu as toujours été très bonne dans les acrobaties, continue Sara, mais dernièrement, on dirait que ton esprit est ailleurs.

Sophie a mal à la gorge. Elle est tellement heureuse que quelqu'un lui parle qu'elle a peur de se remettre à pleurer.

Mais cette fois-ci, au lieu des larmes, ce sont les mots qui jaillissent. Sophie parle à Sara de la campagne que mènent Isabelle et Jade contre elle. Elle lui raconte qu'aucune des autres meneuses de claque ne lui adresse la parole.

— Ne laisse pas ces filles te faire de la peine, conseille Sara.

— C'est difficile.

— Laisse-moi te raconter quelque chose au sujet d'Isabelle, poursuit Sara. Elle est une bonne meneuse de claque et je respecte ça. Mais elle ne se préoccupe de personne, sauf d'elle-même. Elle agit comme ta meilleure amie puis, quelques secondes plus tard, elle te laisse tomber comme un mouchoir sale. Tout ce qu'elle veut, c'est que tu te jettes à ses pieds en la suppliant de t'aimer encore. N'as-tu jamais remarqué comment elle mène les jumelles par le bout du nez?

Sophie hoche la tête.

— Elle fait ça à tout le monde, dit Sara. Elle essaie même avec moi. Mais je ne me laisse pas faire.

— Et Jade? demande Sophie.

— Jade est tout simplement méchante, grogne Sara. Je pense qu'elle a toujours peur qu'Isabelle la laisse tomber et elle s'en prend à tout le monde. De plus, elle déteste toutes les filles qu'elle croit plus jolies qu'elle.

— Mais Jade est jolie, fait remarquer Sophie.

— Pas vraiment. Elle se maquille beaucoup, c'est tout. Le maquillage n'embellit pas nécessairement.

Sophie réfléchit pendant quelques secondes. Soudain, elle se sent stupide d'avoir dépensé 17 $ pour du mascara.

— Alors c'est pour ça qu'elles ont dressé tout le monde contre moi? demande-t-elle à Sara. Parce que Jade est jalouse et qu'Isabelle est centrée sur elle-même?

— C'est possible, répond Sara. Le fait que tu sois l'amie de Kim n'aide probablement pas.

— Que j'aie été, rectifie Sophie.

— Vraiment? fait Sara en la regardant attentivement. C'est dommage. Je pense que Kim est super. C'était épouvantable, ce qu'Isabelle et Jade lui ont fait à la danse de l'Halloween. Porter ces costumes de muletiers, juste pour l'humilier.

Sophie est stupéfaite. Elle n'avait même pas pensé à la signification de leurs costumes. Elle était trop préoccupée par le fait que les meneuses de claque ne l'avaient pas invitée à se déguiser avec elles. Pas étonnant que Kim ait été fâchée.

— Isabelle ne peut pas supporter que Kim attire l'attention des spectateurs au cours des matchs. Elle veut être le centre de l'univers, ajoute Sara en ricanant. En fait, c'est plutôt drôle d'observer l'expression de son visage.

Les deux filles ont presque fini le tour du terrain et sont sur le point de rejoindre les autres meneuses de claque. Sophie s'arrête. Sara l'imite.

— Alors, pourquoi le fais-tu? demande Sophie.

— Quoi? Pourquoi je suis meneuse de claque?

Sara fait une pause.

— Je le fais parce que j'aime ça. Toutes ces histoires – Sara agite les mains pour indiquer tout ce dont elles viennent de parler – n'ont rien à voir avec le fait d'être meneuse de claque.

Elle montre du doigt les filles qui s'exercent toujours à faire les appuis sur épaules.

— *Ça,* c'est ce qui compte. Alors, es-tu prête?

Sophie avale sa salive et jette un regard sur les autres filles. Lentement, elle hoche la tête. Sara fait un large sourire.

— Bon, alors on y va!

Plus Sophie réfléchit à ce que Sara lui a raconté, plus elle sent qu'elle doit des excuses à Kim. Le problème, c'est de trouver comment s'y prendre.

Sophie passe en revue toutes ses options. Elle ne peut pas téléphoner à Kim et lui dire qu'elle est désolée puisqu'elle a perdu le droit d'utiliser le téléphone. Elle ne peut pas lui parler à l'école puisque Kim tourne les talons chaque fois qu'elle la voit arriver. Elle pourrait se rendre chez Kim, mais elle craint que M. ou Mme Lavoie soit là et elle ne veut pas faire toute une scène.

Finalement, elle décide d'écrire un mot à son amie. Elle y met toute la fin de semaine et gaspille quatre feuilles de papier. Au bout du compte, le message dit :

Chère Kim,

Je sais que tu es fâchée contre moi en ce moment. Je ne connais pas toutes les raisons, mais tu m'as laissé beaucoup de temps pour y réfléchir. Plus j'y pense, plus je me rends compte que, dernièrement j'ai consacré beaucoup plus de temps à mes activités de meneuse de claque qu'à notre amitié. J'en suis désolée. Je pense que je me suis laissé emporter par toute l'excitation. Mais je sais maintenant qu'une part de cette excitation n'est rien de plus que du théâtre. Tu crois peut-être aussi que j'aime Charles Laurendeau, mais ce n'est pas le cas. Nous ne sommes que des amis. Et, à titre de renseignement, ce n'est pas un sportif abruti.

146

Tu me manques beaucoup, Kim. J'espère qu'on peut encore être amies.

Ton amie pour toujours,
Sophie

Maintenant, Sophie doit trouver une façon de remettre la note à Kim. Si elle la lui donne en mains propres, Kim va la jeter sans même la lire. La meilleure chose à faire, conclut-elle, c'est de la glisser dans son casier.

Mais l'occasion ne se présente pas. Le lundi, juste au moment où elle est sur le point de glisser la lettre dans le casier de Kim, Charles passe par là et s'arrête pour bavarder. Lorsque Kim aperçoit Sophie et Charles qui parlent devant son casier, elle lance à Sophie un regard tellement furieux que Sophie n'ose plus passer devant le casier de Kim pendant deux journées complètes.

Le jeudi, Sophie prend son courage à deux mains et fait une autre tentative. Au moment où elle emprunte le corridor menant au casier de Kim, elle l'aperçoit qui parle avec Joël. Elle est certaine d'avoir entendu Kim dire son nom. Elle passe près d'eux, la lettre toujours dans sa poche.

Finalement, Sophie décide d'attendre et de remettre la lettre à Kim le vendredi. Le rallye énergie a lieu vendredi matin et elle mettra le message dans le casier de Kim l'après-midi, juste après le rassemblement.

Le vendredi matin, tous les sièges du gymnase sont occupés. Au centre, les membres du conseil des étudiants exécutent un sketch satirique, habillés en Vikings, comme la mascotte de Nord-Ouest. Le deuxième match au cours duquel Méridien et Nord-Ouest s'affronteront doit avoir lieu l'après-midi même; c'est la raison pour laquelle on a organisé ce rallye. L'équipe qui remportera le match participera aux championnats régionaux.

Sophie et les autres meneuses de claque sont debout près du mur et attendent leur tour. Sophie ne sait pas sur quoi porte le numéro satirique du conseil des étudiants. Elle est trop excitée et nerveuse pour s'y intéresser. C'est un grand moment pour les meneuses de claque. Cette fois, elles ne vont pas exécuter leur numéro sur la ligne latérale. Elles seront le centre d'intérêt.

Contrairement aux numéros courts qu'elles font habituellement au cours des matchs, leur enchaînement est une chorégraphie qui dure pendant toute une pièce musicale et qui comprend beaucoup d'acrobaties. Sophie et Danika, les deux meilleures acrobates de l'équipe, vont faire des sauts périlleux arrière. Toutes les voltiges feront un exercice impressionnant au cours duquel elles seront lancées en l'air, puis rattrapées par les autres filles. Et il y a l'appui sur épaules tout à fait à la fin.

Aussitôt qu'elles seront dans leur position finale, Kim arrivera en courant et fera son numéro des règles de la mule. Au cours des derniers matchs, les règles sont devenues très populaires. Kim n'a même plus besoin de brandir les pancartes. Elle n'a qu'à montrer un numéro et tout le monde se met à hurler la règle correspondante.

Plus Kim a de succès auprès de la foule, plus Isabelle est fâchée. Depuis que la foule réagit en présence de la mascotte, la tension entre Isabelle et Kim a augmenté, au point où elles ne peuvent plus se supporter lorsqu'elles sont dans la même pièce. Maintenant que Kim ne parle plus à Sophie, elle communique à peine avec l'équipe. Mais sur le terrain, on ne pourrait jamais le deviner. Et les amateurs continuent à l'adorer.

Le numéro satirique se termine enfin. Lorsque les spectateurs ont fini d'applaudir, Isabelle donne le signal aux meneuses de claque. Celles-ci envahissent le gymnase en faisant des roues et des sauts de main arrière.

Elles viennent à peine de commencer leur enchaînement quand Sophie se rend compte que quelque chose ne va pas. Un autre son se fait entendre avec leur musique. Au début, elle ne sait pas de quoi il s'agit. Puis elle entend.

HI-HAN! HI-HAN!

Le braiement d'un âne sort d'un haut-parleur installé

d'un côté du gymnase.

Kim, en costume de mule, monte et descend les gradins parmi les spectateurs. Elle court en lançant des poignées de foin.

Les meneuses de claque continuent leur chorégraphie, mais personne ne les regarde. Tous les yeux sont rivés sur Kim. Lorsqu'elle n'a plus de foin, elle galope jusqu'au milieu du gymnase pour aller se positionner devant les meneuses de claque.

Elle brandit un écriteau. Elle commence sûrement son numéro des règles de la mule. Mais Sophie s'aperçoit que ce ne sont pas du tout les règles habituelles. Les spectateurs lisent les écriteaux à voix haute, au fur et à mesure que Kim les lève au-dessus de sa tête.

OUBLIEZ

CES NUMÉROS USÉS!

N'APPLAUDISSEZ PAS

CES FILLES BLASÉES!

Kim dépose ses écriteaux, se retourne et montre du doigt les meneuses de claque.

Pendant un moment, Sophie ne comprend pas bien ce qui se passe. Les autres meneuses de claque ont toutes cessé de danser. Dans le gymnase, c'est le chaos total. Beaucoup de jeunes rient. D'autres huent.

Sophie se retourne et entend Isabelle crier quelque chose à Kim. Elle est tellement en colère que les veines ressortent sur ses tempes. Mais Sophie ne peut pas entendre ses paroles à travers le vacarme. Elle regarde dans l'autre direction et aperçoit Mme Chaîné, dont la bouche ouverte forme un O parfait.

Sophie comprend soudain. Kim vient de les humilier. Elle a humilié toutes les meneuses de claque devant un gymnase bondé.

Au milieu du gymnase, Kim danse comme si elle avait fait un touché, ce qui fait hurler les spectateurs de plus belle. Sophie n'entend même plus leur propre musique avec tout ce bruit.

Le directeur prend le microphone et menace de renvoyer tout le monde en classe si les élèves ne se calment pas.

Sophie ne reste pas dans le gymnase pour voir s'ils vont se calmer. Elle se précipite vers son casier. Aussitôt arrivée, elle déchire la lettre. Kim a humilié l'équipe des meneuses de claque au grand complet. Sophie ne lui présentera ses excuses pour rien au monde.

CHAPITRE
treize

Le vendredi après-midi, Mme Chaîné convoque une réunion d'urgence de l'équipe énergie, c'est-à-dire toutes les meneuses de claque, plus Kim. L'entraîneuse fait les cent pas devant le groupe, les poings serrés derrière son dos, les sourcils froncés comme un juge. Aujourd'hui, son t-shirt annonce que LES ATHLÈTES SOULÈVENT DES POIDS, LES MENEUSES DE CLAQUE SOULÈVENT LES FOULES, mais on dirait que tout ce que désire l'entraîneuse, c'est soulever Kim et la lancer par la fenêtre.

Elle veut d'abord savoir si quelqu'un a aidé Kim à planifier son coup. Kim, assise à l'écart, répond calmement qu'elle a tout manigancé seule. Sophie doit admettre que Kim a du cran. Les filles les plus populaires de l'école sont assises à un mètre d'elle, la fusillant du regard, et Kim agit comme si tout cela ne la dérangeait pas le moins du monde.

Après un autre long discours sur l'esprit d'équipe, au cours duquel même Isabelle, qui avait jubilé pendant toute la scène avec Kim, s'est mise à montrer des signes de fatigue, Mme Chaîné demande aux meneuses de claque ce qui devrait être fait.

— Vous devriez la suspendre, répond Isabelle. Et vous assurer qu'elle ne participera plus aux matchs.

Mme Chaîné lève les sourcils. Elle promène son regard sur les autres meneuses de claque.

— Est-ce que tout le monde est d'accord pour que Kim soit suspendue?

Les autres meneuses de claque acquiescent. Quelques-unes disent oui.

Sophie jette un coup d'œil à Kim. Elle ne veut pas qu'elle soit suspendue. Mais elle ne peut pas non plus se résoudre à la soutenir. Après tout, Kim ne semble plus du tout être du côté de Sophie.

Sophie reste là, figée, jusqu'à ce qu'il soit trop tard pour dire quoi que ce soit.

— Bon, dit Mme Chaîné. L'équipe a décidé que Kim sera suspendue, ce qui signifie, poursuit-elle en se tournant vers Kim, que tu ne seras pas la mascotte au match de cet après-midi, ni à aucun autre match, jusqu'à ce que l'équipe décide que tu es prête à revenir.

Kim hausse simplement les épaules. Jennifer lève la

main.

— Alors qui fera la mascotte?

— On n'a pas besoin de mascotte, Jennifer, intervient Isabelle d'un ton brusque en lui lançant un regard menaçant.

Mais pour une fois, la proposition d'Isabelle est rejetée. Les autres meneuses de claque s'accordent pour dire qu'elles ont besoin d'une mascotte. La mascotte de Nord-Ouest sera sûrement là. Si la mule n'y est pas, Méridien donnera l'impression de manquer d'enthousiasme et de motivation.

Plusieurs suggestions sont lancées. Jennifer propose M. Bertrand, le directeur adjoint, un homme dégingandé et loufoque. Mais les filles se rendent vite compte que le costume ne lui irait pas. Jade suggère d'appeler la mascotte de l'année précédente, mais personne ne peut se rappeler son nom de famille. Laurence suggère leur entraîneuse, Mme Chaîné, mais aussitôt, tous les membres de l'équipe, y compris l'intéressée, la regardent comme si elle était cinglée. Durant toute la conversation, Kim examine ses ongles sans dire un mot.

Finalement, on décide de demander à Philippe Pinard. Philippe est le joueur de cymbales de la fanfare de l'école, celui qui frappe toujours ses instruments au mauvais moment. Toutes les meneuses de claque conviennent que c'est une bonne solution. Elles auront une mascotte et, en plus, la performance de la fanfare en sera grandement améliorée.

L'après-midi même, après l'école, Isabelle et Jade interceptent Philippe et l'avertissent qu'il jouera le rôle de la mascotte. Philippe est tellement éberlué en entendant Isabelle lui adresser la parole qu'il ne peut qu'accepter sa demande.

L'heure du match est enfin arrivée. Pendant que les équipes se placent en position pour le coup d'envoi, la tension dans les gradins est palpable.

Pendant le premier quart, le pointage demeure serré. Les meneuses de claque exécutent un numéro après l'autre. Sophie hurle jusqu'à ce que sa voix commence à s'érailler.

Philippe, dans le costume de mule, marche d'un pas lourd sur les lignes latérales. De temps à autre, il lève un bras et secoue le poing, comme quelqu'un qui viendrait de découvrir qu'on l'a dupé et qui ferait le vœu de se venger.

— Il est affreux! dit Danika à Sophie tandis qu'elles regardent Philippe entre deux numéros.

Au deuxième quart, Méridien commence à tirer de l'arrière. Isabelle réunit l'équipe pour un caucus.

— On doit s'assurer que tout le monde reste motivé, dit-elle. Philippe, encourage les spectateurs à faire une vague.

Quand le cercle se défait, Philippe trottine docilement vers les lignes latérales. Puis il se met à courir dans tous les sens devant les gradins. Mais le moment est mal choisi, car le botteur de Méridien se prépare à exécuter un botté de placement. Tous les yeux sont rivés sur le match. Personne ne regarde Philippe.

Le botteur frappe le ballon, qui dévie vers la gauche. Tout le monde gronde. Personne ne fait la vague.

— Il est encore pire comme mascotte, fait remarquer Jennifer à Sophie.

Soudain, un cri leur parvient de l'autre côté du terrain. Les meneuses de claque de Nord-Ouest se sont toutes tournées pour faire face à celles de Méridien.

— On a du pep, oui, on en a plein! crient les meneuses de claque et les partisans de Nord-Ouest. On a du pep, et vous, en avez-vous?

Elles cherchent à décourager l'équipe. Sophie et les autres meneuses de claque n'ont d'autre choix que d'essayer de rallier les partisans de Méridien.

— On a du pep, oui, on en a plein! On a du pep, et vous, en avez-vous? crient-elles le plus fort qu'elles peuvent, mais en vain.

— On a du pep, bien plus que vous! Si vous ne nous croyez pas, regardez là-bas!

Les meneuses de claque de Nord-Ouest pirouettent et montrent du doigt le tableau de pointage. Nord-Ouest mène par 14 points. Méridien est en train de perdre le match et ses meneuses de claque n'ont rien à répondre. Comment encourager la foule quand elles se sentent elles-mêmes abattues?

Isabelle convoque un autre caucus.

— Il faut faire un numéro avec un ban d'attaque, dit-elle aux meneuses de claque.

— Il nous faut *Kim*! s'écrie Sophie.

Les mots lui sont sortis de la bouche avant même qu'elle ait le temps de penser à ce qu'elle allait dire. Tous les regards se tournent vers elle.

— On n'a pas besoin de Kim, objecte Isabelle en lui lançant un regard menaçant.

— Oui, il nous la faut!

Sophie ne peut pas croire qu'elle est en train de tenir tête à Isabelle. Un mélange de peur et d'exaltation accélère les battements de son cœur. Elle sait ce qu'il faut et elle a enfin le culot de le dire.

— On a besoin de Kim et des règles. C'est la seule chose qui va remonter le moral de la foule.

— Mais Kim est suspendue, proteste Danika en écarquillant les yeux. Elle ne peut pas ranimer la foule.

— Danika, rappelle-toi ce qui s'est passé après le dernier match contre Nord-Ouest, réplique Sophie. Tu as dit que les cris d'encouragement de Kim avaient rallié l'équipe. Tu avais raison. Nous tirions de l'arrière par 15 points.

— Dix-sept points, précise Joanie, qui surveille toujours attentivement le pointage.

— Bon, ils avaient une avance de 17 points, rectifie

Sophie, et quand Kim est arrivée sur le terrain, ça a remonté le moral des partisans, et l'équipe s'est ressaisie.

Autour du cercle, les têtes bougent de haut en bas. Florence, Danika, Jennifer, Laurence, et même les jumelles, sont d'accord. Elles se souviennent toutes de l'effet que les règles de la mule ont eu sur la partie.

— Je n'arrive pas à croire que vous songiez à lui demander de revenir, après ce qu'elle nous a fait au rallye énergie, dit Isabelle.

Les filles cessent de hocher la tête; Isabelle a raison sur ce point.

— On a tout raté, convient Sophie, et je lui en veux aussi. Mais il faut admettre qu'elle sait s'y prendre avec la foule.

Sara prend soudain la parole :

— Je pense qu'on peut considérer ceci comme une urgence, une situation dramatique qui exige des mesures drastiques.

Elle sourit à Sophie dont la bouche s'est fendue jusqu'aux oreilles tant elle est soulagée que quelqu'un l'appuie.

Isabelle promène son regard à la ronde, furieuse. Elle sent qu'elle est en train de perdre son pouvoir.

— Et que va dire Mme Chaîné?

— Allons le lui demander, propose Sophie.

Elle tourne les talons avec l'intention d'aller chercher

158

l'entraîneuse, mais elle constate que ce n'est pas nécessaire. Mme Chaîné fonce déjà à grands pas vers le groupe de filles.

— Qu'est-ce que vous faites là? demande-t-elle. L'équipe coule à pic! Les partisans se dégonflent!

— Madame Chaîné, commence Sara d'un air sombre, nous croyons que la situation est urgente. Nous aimerions que Kim revienne.

— Philippe n'y arrivera pas, ajoute Laurence.

Mme Chaîné jette un coup d'œil en direction de Philippe. Il essaie de secouer sa queue, mais il a plutôt l'air d'être en proie à des gaz intestinaux.

— C'est vrai qu'il est épouvantable, admet-elle. Est-ce que vous êtes toutes d'accord? ajoute-t-elle en regardant les meneuses de claque.

— Non, dit Isabelle, nous ne sommes pas toutes d'accord.

Mme Chaîné croise les bras.

— J'agis peut-être comme un dictateur, dit-elle, mais je sais ce qu'est un système démocratique. Nous allons passer au vote. Toutes celles qui veulent que Kim revienne sur le terrain, seulement pour ce match, levez la main.

Sophie lève la main, de même que Sara, Florence, Laurence, Danika et Jennifer. Isabelle, Jade, Romane et Joanie ne bougent pas. Les jumelles jettent un œil en direction d'Isabelle et se risquent à lever la main. Isabelle les foudroie du regard et, vite, leurs mains redescendent.

Elles sont à égalité : six contre six. Puis, au grand étonnement de Sophie, Joanie lève lentement la main.

— Joanie! s'écrient d'une même voix perçante Isabelle et Jade, scandalisées.

— Quoi? répond Joanie en secouant sa chevelure. Je crois que c'est une bonne idée.

— Alors, voilà. Rappelons Kim, déclare Mme Chaîné.

— Mais, en tant que capitaine de l'équipe, explose Isabelle, mon vote ne devrait-il pas compter pour deux?

Mme Chaîné la regarde d'un air découragé.

— Isabelle, tu parles peut-être comme deux, mais tu n'as droit qu'à un vote.

Isabelle reste bouche bée. Sophie dissimule son sourire derrière sa main.

— Maintenant que la question est réglée, est-ce que quelqu'un sait si Kim est ici, dit Mme Chaîné?

— Je suis certaine qu'elle y est! s'exclame Sophie.

Elle se met à courir devant les gradins, scrutant la foule. Elle aperçoit Joël d'abord. Kim est assise à côté de lui. Elle porte des lunettes de soleil et un chapeau. Ses boucles blondes descendent en cascades sur ses épaules. Elle a visiblement fait de gros efforts pour passer inaperçue. Sophie grimpe les marches deux par deux.

— Excuse-moi, Joël, dit-elle quand elle arrive à leur hauteur, je dois emprunter Kim une minute.

Avant que Kim puisse protester, Sophie l'attrape par le poignet et l'entraîne au bas des gradins.

— On a besoin de toi, dit Sophie. Il faut que tu fasses ton numéro des règles de la mule.

— Je ne peux pas, répond calmement Kim. Je suis suspendue. L'as-tu oublié?

— Mme Chaîné dit que tu peux revenir, le temps de ce match, réplique Sophie en faisant un signe vers les lignes latérales, d'où l'entraîneuse et le reste de l'équipe les observent.

— Mais peut-être que je ne veux pas vous aider, dit Kim. Je ne suis pas tout à fait la bienvenue là-bas.

— Nous avons voté, explique Sophie. Presque tout le monde veut que tu reviennes. L'équipe est en train de perdre et la foule ne réagit pas. On a besoin de quelqu'un pour remonter le moral des troupes. Et Philippe ne fait pas l'affaire.

— Il n'y a pas pire, en effet, dit Kim.

— Alors, tu vas le faire? S'il te plaît?

Après une pause, Sophie ajoute :

— Je serai ta meilleure amie.

Kim regarde Sophie pendant un long moment.

— Bon, d'accord, finit-elle par dire.

Les deux amies ne tardent pas à trouver Philippe. Sophie lui demande d'enlever le costume et de le remettre à Kim. Il n'est aucunement contrarié. Il est seulement content que des meneuses de claque lui accordent autant d'attention.

Aussitôt que Kim est sur le terrain, Sara déclare :

— Il ne nous reste presque plus de temps. Tu dois faire ton numéro maintenant, avant la deuxième demie.

Kim marmonne quelque chose de l'intérieur du masque.

— Quoi? demande Sara.

Kim répète son commentaire.

— Elle dit qu'elle n'a pas les écriteaux avec les numéros, dit Danika qui se trouve plus près de la mascotte. Alors, elle n'a aucun moyen de guider la foule.

Sophie fait un sourire.

— J'ai une idée, dit-elle.

Quelques instants plus tard, les meneuses de claque et Kim sont de retour devant la foule des spectateurs. Les meneuses de claque agitent leurs pompons et lèvent les jambes haut dans les airs. Kim lève aussi les jambes. Elle fait ses roues avec sa maladresse habituelle. Elle danse un peu partout. Elle fait tout ce qu'elle peut pour que les partisans sachent qu'elle est de retour.

Les spectateurs s'en aperçoivent vite. La foule semble s'échauffer un peu.

— Go, Méridien! lancent quelques personnes.

Les meneuses de claque prennent leur position.

— C'EST LA MULE QUI LE DIT! s'écrient-elles à l'unisson.

Derrière Sophie, Sara compte tranquillement : « Un, deux, et hop! »

Une seconde plus tard, Sophie est debout, bien droite, sur les épaules de Jennifer. À côté d'elle, Isabelle se tient sur les épaules de Jade, et de l'autre côté, Florence est perchée sur celles de Danika. Elles ont finalement eu l'occasion de faire leur appui sur épaules. Et tout le monde l'a réussi à la perfection.

Du haut des airs, Sophie et Florence lèvent le bras droit pour indiquer le chiffre un. Au centre, Isabelle garde les bras le long de son corps et les lèvres bien serrées. Elle boycotte les règles de la mule. Mais cela ne change rien. La foule a compris.

— RÈGLE NUMÉRO UN! hurlent les meneuses de claque.

— SOURIEZ! répond la foule en criant à tue-tête.

— RÈGLE NUMÉRO DEUX!

— PAS DE DOIGT DANS LE NEZ! répondent les spectateurs.

Quelques-uns sifflent. Au sol, devant les meneuses de claque, Kim danse comme une déchaînée.

— RÈGLE NUMÉRO TROIS!

—APPLAUDISSEZ ET ENCOURAGEZ VOTRE ÉQUIPE, CAR ELLE VA GAGNER... C'EST LA MULE QUI VOUS LE

DIT, OYÉ OYÉ!

Juste avant de crier « OYÉ », les voltiges se laissent tomber et sont rattrapées par leur partenaire. Toutes les filles lèvent les bras pour former le V de la victoire. Kim fait une ruade. La foule crie à tue-tête.

Pendant toute la seconde moitié du match, Kim fait crier les spectateurs en imitant les meneuses de claque et en faisant le clown.

Méridien reprend du poil de la bête et finit par remporter le match, par 31 à 28.

Tandis que les joueurs sortent du terrain au pas de course, les meneuses de claque soulèvent Kim pour la porter en triomphe. La fanfare joue faux une version de *We are the Champions*. Philippe a repris ses cymbales et, heureux comme un roi, les frappe toujours au mauvais moment.

Sophie fait un large sourire. Tout est rentré dans l'ordre. Kim est une mule. Philippe est un joueur de cymbales. L'équipe de football participera aux championnats régionaux.

Et Sophie a finalement la preuve que les encouragements peuvent changer bien des choses.

Plus tard, cet après-midi-là, Sophie et Kim marchent dans le corridor principal de l'école. Kim porte toujours la combinaison pelucheuse brune, mais a retiré la tête.

— Merci d'avoir accepté de nous aider, dit Sophie à Kim.

— En fait, je me suis bien amusée, réplique son amie. On dirait que je suis devenue une bien meilleure mule que je l'aurais jamais souhaité.

Elles s'arrêtent devant le bureau de la conseillère.

— Bon, dit Kim, c'est ici que je m'arrête.

Mme Chaîné a donné rendez-vous à Kim dans ce bureau.

— Je vais t'attendre ici, dit Sophie.

— Ce n'est pas nécessaire.

— Je sais. Mais j'y tiens.

Kim sourit.

— Bon, allons-y! lance-t-elle en prenant une grande inspiration avant de franchir la porte du bureau.

Soudain, Sophie se sent complètement épuisée. Elle s'adosse au mur et se laisse glisser jusqu'au sol. Elle a l'impression d'avoir vécu la plus longue journée de toute sa vie.

Pourtant, cela en a valu la peine. Surtout lorsqu'elle a vu l'expression d'Isabelle quand Kim a été portée en triomphe. Sophie comprend maintenant pourquoi Sara aime tellement être meneuse de claque.

Elle se demande ce que l'entraîneuse et la conseillère peuvent bien être en train de dire à Kim. Même s'il y a Mme Chaîné dans la pièce, Sophie n'entend rien.

Une porte s'ouvre à l'autre bout du corridor et une

silhouette apparaît à contre-jour. Quand elle arrive plus près, Sophie constate qu'il s'agit de Joël.

— Salut, lui dit-elle.

— Salut, répond Joël, qui semble surpris de la trouver assise sur le sol. Je cherchais Kim. Les autres filles m'ont dit qu'elle était ici.

— Elle est à l'intérieur, répond Sophie.

Elle paraît plus calme qu'elle ne l'est en réalité. C'est la première fois que Joël et elle se parlent depuis la danse de l'Halloween, et au fond d'elle-même, tout s'agite comme dans un mélangeur.

Joël hoche la tête.

— C'était un bon match, hein?

— Ouais, et Kim a été vraiment bonne, dit Sophie.

— Tout le monde a été bon, s'empresse de répondre Joël en repoussant une mèche de cheveux derrière son oreille. Je veux dire, tu étais excellente, toi aussi. Les acrobaties et tout.

Sophie rougit.

— Merci, dit-elle. Veux-tu attendre Kim avec moi?

— Non, répond Joël, il faut que je rentre. Eh bien, à la prochaine.

— Oui, à la prochaine.

Sophie le regarde s'éloigner.

Enfin, la porte du bureau s'ouvre et Kim sort.

— Alors? s'informe Sophie.

Kim s'assoit à côté d'elle, hésite un instant, puis

déclare :

— C'est fini.

— Non! s'exclame Sophie. Ce n'est pas juste. Tu as sauvé le match aujourd'hui! On peut peut-être faire signer une pétition par les meneuses de claque, et les joueurs de football, et...

— Attends, l'interrompt Kim en levant une main, ça va. Mme Chaîné m'a dit que je pouvais demeurer avec l'équipe. Mais j'abandonne.

Sophie la fixe du regard.

— Pourquoi?

— Je ne sais pas, fait Kim en haussant les épaules. C'est comme l'a dit Mme Chaîné : je n'ai pas vraiment l'esprit d'équipe.

C'est vrai, se dit Sophie. *Kim marche au rythme de son propre tambour.*

— Et les règles de la mule? s'enquiert Sophie. Tu les as inventées. Elles t'appartiennent.

— On n'a pas besoin de moi seulement pour ce numéro. Quelqu'un d'autre peut le faire à ma place.

— Mais personne ne le fera aussi bien que toi.

— Ça, c'est vrai, dit Kim en hochant la tête.

Sophie regarde la combinaison pelucheuse de Kim.

— Ça va me faire de la peine de ne plus te voir dans ce costume, dit-elle.

— Moi aussi, répond Kim. *Non, pas du tout!*

Elles éclatent de rire, puis le silence retombe. Elles

restent assises sans parler. Sophie sait ce qu'elle doit dire. Mais Kim prend la parole en premier.

— Je suis désolée de vous avoir manqué de respect au rallye. Ce n'était pas très malin. Certaines des filles sont gentilles, après tout.

— Ouais, quelques-unes, dit Sophie, et d'autres, pas. Je suis désolée de ce qui est arrivé à la danse de l'Halloween. Je vous ai laissé tomber pour les meneuses de claque.

— C'était pas mal décevant, admet Kim. J'avais de la peine pour Joël.

— Pour Joël?

— Quand tu as refusé de danser avec lui.

Sophie fronce les sourcils, perplexe.

— J'aurais dansé avec lui s'il me l'avait demandé.

— Il te l'a demandé, mais tu es partie.

Le cerveau de Sophie se met à bouillonner. Elle se rappelle que Joël s'est tourné vers elle pour lui dire quelque chose, au moment même où les meneuses de claque faisaient leur entrée dans la cafétéria. Joël voulait danser… avec elle.

— Je ne devrais pas te dire ça, confesse Kim, mais il t'aime bien. Ou il t'aimait bien.

— Je pensais qu'il s'intéressait plutôt à toi, dit Sophie, abasourdie. Vous étiez toujours ensemble, alors je croyais que vous…

— Quoi? Joël et moi? proteste Kim. Heu… jamais de

168

la vie!

— Est-ce que tu penses... qu'il pourrait encore s'intéresser à moi? demande Sophie d'un ton hésitant.

— Peut-être, répond Kim en souriant. S'il peut s'habituer au fait que tu es meneuse de claque.

Sophie devient rose jusqu'au bout des oreilles.

— Et Charles et toi? demande Kim. J'avais entendu des rumeurs...

— Elles sont toutes fausses, s'empresse de répondre Sophie. J'ai essayé de te le dire : nous sommes amis, c'est tout. Je ne m'intéresserais jamais à quelqu'un que tu aimes. Ou même que tu aimais.

— Je crois que je l'aime toujours. Mais je pense qu'il ne se remettra jamais de l'attaque près de son casier.

— Je n'en suis pas si sûre, dit Sophie.

— Hum... fait Kim.

Elle se tourne vers Sophie.

— Je pense qu'il est temps que j'enlève ce costume. Peux-tu descendre ma fermeture?

Kim sort de la combinaison pelucheuse en se tortillant. Elle la soulève devant ses yeux.

— Qu'est-ce que je devrais en faire?

— Un manteau de fourrure? suggère Sophie.

— Ça ferait un beau tapis, fait remarquer Kim.

— Ou des bottes!

— Et pourquoi pas un merveilleux ensemble de pompons pelucheux? plaisante Kim. Je pourrais les agiter pendant les matchs. Tu pourrais me montrer quelques mouvements intéressants.

Sophie secoue la tête.

— Désolée. C'est impossible. Je suis tenue au secret.

— Allez, insiste Kim en lui plantant son coude dans les côtes, montre-les-moi. Je serai ta meilleure amie.

Sophie repousse le bras de son amie. Puis elle lui entoure les épaules.

— Bon, d'accord, déclare-t-elle en riant. Marché conclu.